恭喜恭喜

赵　晖　著

浙江工商大學出版社
ZHEJIANG GONGSHANG UNIVERSITY PRESS

图书在版编目（CIP）数据

恭喜恭喜 / 赵晖著 . — 杭州 : 浙江工商大学出版
社，2023.4
ISBN 978-7-5178-5230-8

Ⅰ．①恭… Ⅱ．①赵… Ⅲ．①长篇小说—中国—当代
Ⅳ．① I247.5

中国版本图书馆 CIP 数据核字 (2022) 第 227522 号

恭喜恭喜
GONGXI GONGXI

赵　晖 著

责任编辑	沈明珠
责任校对	何小玲
装帧设计	王立超　蔡海东
责任印制	包建辉
出版发行	浙江工商大学出版社
	（杭州市教工路 198 号　邮政编码 310012）
	（E-mail:zjgsupress@163.com）
	（网址 :http://www.zjgsupress.com）
	电话：0571-88904980，88831806（传真）
印　　刷	杭州高腾印务有限公司
开　　本	880 mm×1230 mm　1/32
印　　张	7.75
字　　数	146 千
版 印 次	2023 年 4 月第 1 版　2023 年 4 月第 1 次印刷
书　　号	ISBN 978-7-5178-5230-8
定　　价	58.00 元

恭喜恭喜恭喜你呀，

恭喜恭喜恭喜你！

目录
CONTENTS

姑妈的子弹

恭喜恭喜

姑妈的子弹
Aunt's bullet

壹

1

顾小芸是昨天傍晚接到许锦年要求见面的请示的。为此，她在忐忑和憧憬中彻夜难眠，等待了一个通宵。

昨天是星期五，按照之前的约定，每周这一天，顾小芸都会在傍晚6点去一趟新市场延龄路龙翔桥北首的中华大戏院，买一张晚上7点场的电影票。售票处卖票的小胖是组织特意从浙西衢州调来的交通员，从事地下工作已经三年。昨晚小胖坐在窗口里，津津有味地剥着花生吃，见到顾小芸时，他闪了闪鱼泡一样的眼，随即往她手里塞进一张单号座位票，意味着许锦年在约她见面。

座位号是六排九号，说明接头时间是星期六上午9点。

落日余晖的橘黄色，总是显得甜美而且慵懒。顾小芸又看了一眼电影票，心中不免升起一股隐秘的喜悦。在一个擦鞋摊前，她托着旗袍后摆坐下，但就在漫不经心地抬起脚上的高跟鞋时，那股细小的喜悦又被突然袭来的担心笼罩。之前连续五个星期，许锦年那边一切正常，两人都未曾见面。可是现在情况变了，顾小芸就不禁要想，难道是发生了什么意外？

地下工作就是面对无休止的困境，不对，是绝境。有时候哪怕是头顶掉落下来的一片树叶，也可能成为你最致命的打击。

顾小芸把所有事情都在心里过了一遍，最后又劝慰自己，许锦年不可能暴露。那么只剩下一种可能，他想见面的理由是跟自己一样，就是那份难以抑制的思念。

乳白色的鞋油像发酵过的牛奶，挤落在顾小芸淡蓝色的高跟鞋上。刚才的想法，让她脸上有点少女般的发烫，不过这样的曼妙只延续了片刻，她很快就提醒自己，由于儿女情长而私自安排见面，这种念头非常危险。此举不仅违反组织的工作纪律，还容易葬送组织苦心经营的整条情报交通线。

第二天上午，周末的杭州西湖附近，顾小芸提前五分钟出现在葛岭路上的玛瑙寺。没过多久，在寺庙收容所一批妇孺难民的早课祈祷声中，许锦年登上了仆夫楼二楼，坐在她对面。两人间隔一米左右的距离，几乎能听见彼此的心跳。

许锦年似乎忘记了开口，只是安静地端详着妻子，好像那张脸是一本失而复得的书，他要抓紧从头到尾重新温习一遍。

顾小芸抿了抿嘴唇，如同某部电影里微笑的恋人。后来，她的声音在寂静中飘出，说，不用担心，我这边一切都好。说完，她看着许锦年最近才出现的一道皱纹，渐渐把笑容收住，说，见面时间不要超过十五分钟。等下我先走，替你给孩子买一件礼物。他想要一盒六种颜色的蜡笔。

许锦年的话语在一阵沉默后响起，像是早就埋伏在这天缠绵的风中。

许锦年说：唐雨星要刺杀我，我担心她会得手。

贰

2

唐雨星的故事，还需要从一年前说起。

1941 年，国民政府军事调查统计局从全国各地精挑细选一批学员，开设了一期女子特工培训班。特训班选址在浙西江山县的廿八都，一个古朴幽静的镇子，跟军统局局长戴笠的老家——江山县保安乡离得很近。

那期培训班里，有一个本地女孩叫唐雨星，她从小跟父亲在山中打猎，枪法很准，所以被就地录取。学员中，唐雨星平常走得最近的，是来自杭州的顾小芸。有天她告诉顾小芸一个秘密，自己喜欢上了特训班的密电码教官许锦年。顾小芸听闻以后愣了一下，问她，你了解许教官吗？唐雨星回答，可是我了解我自己。

顾小芸推开窗子，看见一场细雨纷飞。她在那场雨中笑得很平静，说，许教官人不错的，业务能力挺好。于是唐雨星当晚就给许锦年送去一张纸条，总共六个字——本姑娘喜欢你！

后来培训班结束，许多学员去了军统局的重庆总部。而没过多久，总部又想派出一对特工，假扮夫妻前去杭州，方便成立一个秘密情报站。许锦年这时主动请缨，并且得到上峰批准。但在后来确定女方人选时，他第一个就将候选名单中的唐雨星删除，最终选择的，是瞒着唐雨星报名的顾小芸。

那天唐雨星非常恼火，砸碎了一个杯子。她把许锦年叫去嘉陵江边，指着一旁的顾小芸质问，她到底哪里比我好？许锦年说，她什么都好，再说，你我之间也不适合。唐雨星于是一个巴掌甩了过去，骂出一声道：你们都给我滚！

可是时间过了一个月，许锦年却叛变了。许锦年是被汪伪76号特工总部杭州区抓获，随即交代出军统局有关"中国黑室"的许多秘密情报。曾经的负心汉转眼又成了卖国求荣的汉奸，唐雨星的愤懑于是犹如一地的野草，越长越宽广，越来越茂盛。有天她终于忍不住了，就在夜里翻墙，私自逃离军纪严明的军统局。她要去杭州，杀了叛徒许锦年，对此她义无反顾。

唐雨星就是我姑妈，那年她二十，正是不讲道理的年纪。然而我姑妈根本就没有搞清楚，其实许锦年是假叛变，他的所有行为都出于军统局高层的授意，目的只是潜入汪伪76号特工总部杭州区。

所以说，1942年那场包含了情杀成分的刺杀，虽然被我蛮横无理的姑妈自认为是锄奸，其实骨子里却是一场彻头彻尾的胡闹。

叁

3

1942 年的中共中央华中局，位于江苏盐城。在军分会特情部一份标注为"绝密"级别的档案里，许锦年和顾小芸的故事，却还有着另外一个版本。

两人于 1935 年在上海结婚，之前已经加入共产党。后来在当时的中共东南局的安排下，他们于不同的时间，以不同的方式潜入军统局。时间到了 1941 年底，两人在重庆，曾先后向特情部发来请示密电，要求同意他们"暂时出走"，接受军统局的派遣，前往杭州潜伏，以实现情报战线上的"借窝下蛋"。

就这样，组织培养多年的革命伉俪，由此摇身一变，成了军统局旗下的一对假夫妻。直至后来，许锦年又历经多次请示，而且在极力说服特情部首长的情况下，设计被汪伪 76 号"抓捕"并且"叛变"，于是他开始钻入敌营生根发芽，成了共产党一名极其难得的"三面特工"。

许锦年是在这个星期四中午，收到唐雨星的"锄奸通牒"的，地点是在民生路 46 号，76 号特工总部杭州区的门口。那天他刚从对面弄堂的烟纸店里，买了一包日本产的金鸡牌香烟，可是就在要过马路时，身后跑来一个扎了羊角辫的女孩。女孩扯一扯他衣角，交给他一个牛皮纸的信封。

信封有点沉，许锦年没有急着打开。凭他直觉，送信人不可能是军统，更不可能是中共。这两个组织倘若如此随便，在光天化日之下找他接头，那无疑是脑子进水。因为就在马路对面，76号杭州区的铁门外，那队沿着院墙巡逻的卫兵，不仅荷枪实弹，还牵了两条吐着猩红舌头的狼狗。

　　许锦年在寂静的阳光下点燃一根香烟，然后等到吐出满口烟雾时，他才眯着眼睛，掰开那只信封的口子。里头是一枚日产九七式狙击步枪的子弹，口径六点五毫米，有效射程六百米。另外还有一张照片，拍摄于去年的江山廿八都，女子特工培训班结业时，他跟唐耳朵两人的合照。

　　唐耳朵就是唐雨星，在她老家，村民们喜欢叫她耳朵。

　　头顶的阳光好像开始晃荡，许锦年这时清楚地看见，照片中的自己，不仅脑袋四周被钩了一个红圈，脸上还被使劲打了一个笔调粗野的"×"。

　　除了唐耳朵，没有其他人会有这张照片。许锦年想，唐耳朵这是要灭了他！

　　他将手上的烟迅速抽完，随即望向身后那条笔直的弄堂。刚才送信的女孩，此刻正跟一帮孩童兴高采烈地跳着橡皮筋。那些孩子真是可爱，身上像装了一根弹簧，不知疲倦地跳动，嘴里唱出的童谣声也此起彼伏：

　　"一人一马一杆枪，二人马上磨刀枪，三气周瑜芦花荡，四郎探母回家乡……"

不用怀疑，唐耳朵就在不远处。许锦年这么想着的时候，一辆黑色丰田轿车却在他身前吱的一声停住。后排车窗随即摇下，深色玻璃落下十厘米左右，里头露出的那张脸，竟然是76号特工总部杭州区区长傅胜兰。

傅胜兰盯着许锦年手中的信封，继而对准狭窄的窗口空当，弹出一截气势磅礴的雪茄烟灰。他的声音慢吞吞的，说，许科长今天是怎么了，喜欢在太阳底下一个人发呆？

许锦年看见烟灰在风中散开，纷纷扬扬飘向自己四十一码皮鞋的鞋尖。他知道此时不能撒谎，也没有必要撒谎，于是就扯了扯嘴角，发出一通难以掩饰的苦笑，接着掏出那枚子弹说：有人大白天给我送来这个，我要是明天没来上班，区长要记得清明节给我烧香。

傅胜兰却优雅地笑了，张开嘴巴喷出一团青灰色的烟雾。在把车窗摇上之前，他有点不屑地说：还以为什么大事体，就这种东西，我办公室里能给你倒出来一抽屉。

丰田车子启动时，许锦年终于舒了一口气。他庆幸傅胜兰没有找个借口继续检查信封，漏过了里头的照片。否则，唐耳朵在杭州性命堪忧。

许锦年的日子，每天都是千头万绪。他早上醒来的第一件事，以及上床之前的最后一件事，就是在脑子里来回过一遍自己的三重身份：中共特工、军统局间谍，以及汪伪76号特工总部杭州区密电科科长。就此他必须时刻清醒，在什么场合，遇见什么人，该说哪个版本的话语。

可是人毕竟不是一台机器，难免会忙中出错。就像这一年元宵节，他跟来自上海的军统局特派员接头，却一时灵魂出窍，把一份日军山本部队将联合伪政府青岛警备队，对共产党山东抗日根据地实施"扫荡"的情报交给了对方，结果那家伙陷在咖啡屋软皮沙发里眉头一皱，坐直了身子道：有没有搞错？

许锦年当即意识到自己的愚蠢，他连后悔都来不及，如同把老鼠药当成炒米粉吞进了肚里。但他很快就笑了，接着从公文包里取出那份正确的情报，补交给对方后说，不用多想，这是顺手牵羊的结果。我听人说上海有情报交易渠道，兄弟你要是有门路，把这张纸卖给共产党那些衣衫褴褛的革命者，换几个酒钱总是没有问题的。再说现在如果唱高调，毕竟也是国共合作的甜蜜期，你今天给他一个酸桃子，人家说不定明天就抱去你家一个硕大的李子，生活总是有惊喜。

许锦年就这么一口气把话说完，心底却即刻十分佩服自己，怎么就能眼睛一眨，瞬间组织出如此漂亮的话语。然后他注意到对方眉头舒展，笑成一朵羞涩的花，所以就喝了一口咖啡继续说，反正我小人做到底，今天的咖啡钱你付，以后到手的买酒钱，记得给我留三成，钞票先存在你那里。

那天的险棋，就这样被许锦年给横冲直撞着走通了。他后来觉得，自己就像一只倔强的蜗牛，一直穿行于军统局与汪伪政府之间。在那些家伙迎来送往的皮鞋边，他每天都要把脑袋深深地藏起，然后贴着一道道七拐八弯的墙角线，灰不溜秋地往前爬行。其间这只蜗牛还必须留个心眼，乞求自己那些潮湿的足迹，能够尽快被期待已久的阳光晒干。

每天二十四小时，如果要拿来平均分配，许锦年就需要在三个不同的身份上各停留八个小时，以完成三个组织交给他的彼此之间相互矛盾的任务。但许锦年知道，他首先必须把二十四小时的分分秒秒看上去全部都贡献给 76 号。因为只有这样，他这只盔甲脆弱的蜗牛，才不至于被人一脚踩成肉泥。剩下的另外两个身份，则是他不同颜色的影子，分别归属于西北的延安和西南的重庆。

但是许锦年是多么渴望，自己能留点卑微的时间，匀一点给每天思念的顾小芸。顾小芸不仅是他妻子，也是中共和军统"一致"安排给他的接头人。他平常获取的所有情报，都是通过特定的渠道送到顾小芸手里，然后由她进行分拣，确定哪些该发往重庆，支持主要由国军担负的正面战场抗日；哪些又必须发往华中局，又或者是辗转于丽水和温州的中共浙江省委，以壮大共产党在江南一带的有生力量，开辟战略相持阶段的各种敌后战场。

4

星期六，跟许锦年见面后的当天下午，顾小芸在广济医院里跟同事换了一个班。并且她换下高跟鞋，穿了一双平常上班用的医护平底布鞋。后来黄包车送她到京杭大运河边，她下车以后迅速经过拱宸桥，直到抵达小胖的出租房门口时，才终于整理了一下头发，也顺便调整了一回呼吸。

顾小芸不会忘记，那次培训班结业时，大伙都抢着拍照留念。但是大合照结束时，唐耳朵却当着所有人的面，叫喊着要跟许教官单独拍一张。许锦年那时不吭声，目光也不露痕迹，瞟了一眼顾小芸。顾小芸却避开他的视线，还跟着那些学员一道起哄，似乎在怂恿一场好戏的上演。这时候唐耳朵就将许锦年扯到跟前，抓住他手臂，靠向他肩膀时笑呵呵地说，有什么不好意思的，男人就应该大方一点……

话还没说完，照相师已经按下了快门。

星期六下午接下去的时间里，顾小芸跟小胖的工作主要是翻拍照片和冲洗照片。用来翻拍的，就是许锦年跟唐耳朵合照的一半。原片中的许锦年已经被顾小芸剪去，只剩下让唐耳朵抓在手里的一截臂膀。

照片冲洗出很多张，挂在小胖出租房临时隔出来的暗房里晾晒。

小胖忙完以后，开始孜孜不倦地吃着一堆炒花生。花生是他姐姐几个月前从老家衢州送来的，一颗颗长得挺饱满，只是没有他那么胖。小胖一边吃着花生，一边仰望头顶的照片。他看见许多个显现出来的唐耳朵渐渐喜上眉梢，似乎飘在空中排成了一排，便问顾小芸：嫂子，这个女人是谁？她笑起来的样子是不是比我还傻？好像明天就要跟人结婚。

顾小芸说，你别管，你接下去就负责找人。

小胖很用力地点头，说，嫂子你放心。不过你别老是这么站着，你坐呀。坐下来陪我吃几颗炒花生。

在中共华中局的档案里，由小胖和顾小芸夫妻组成的三人特情小组，叫"三棱镜"。作为"三棱镜"的组长，顾小芸清楚，杭州丝织厂工会，以及城区穿街走巷的黄包车夫里，有很多都是小胖的死党。她相信，通过这些人的眼睛，要找出一个唐耳朵，时间上应该用不了多久。

透过糊了一张张电影海报的窗口缝隙，顾小芸有段时间望向远处的运河。她发现河水浑浊，正流淌得不紧不慢，好像日子跟往常也没有什么两样。但此时她又想起，她上午还跟许锦年说过，要替他给儿子买一盒六种颜色的蜡笔。但现在看来，她明显是没有时间了。

想到这里，顾小芸觉得心里有点乱。当初许锦年离家时，儿子还不到一岁，现在她正考虑要不要给儿子一个惊喜，告诉他其实他有爸爸，却暗地里杀出来一个唐耳朵……

该走了，顾小芸在催促自己。离开之前，她叮嘱小胖任务要抓紧。小胖问她这事情有多急，她当即回头瞪了他一眼，说，人命关天的事情，你说有多急？！

说完，顾小芸在这个冷漠的声音里愣了一下，她觉得刚才这语气，自己多少有点失态了。

5

许锦年平常的生活几乎就是两点一线。他下班以后离开76号杭州区，单位的车子基本是在每晚6点，准时将他送到家门口。此后他便如同一只孵蛋的母鸡，所有时间都拉上土黄色的厚呢窗帘，深情地窝在家中。

上午见面时，顾小芸要求他这段时间就一直住在办公室，免得给唐耳朵创造下手的时机。但是许锦年拒绝了，理由很简单，他每天收集到的情报，必须及时向外传递，否则他在76号就失去了存在的意义。

许锦年对外传递情报的渠道只有一个，就是每天送他回家的那辆美产雪佛兰轿车。他一般都坐后排，因为那里永远躺着一本傅胜兰写的《蓝衣社内幕》，他每天上车以后都要装模作样地读上几页。司机送他到家后，夜里将车子锁在弄堂斜对面的车库。之前许锦年给小胖复制了车库和车门的钥匙，所以到了每天后半夜，小胖就会潜进车库，从后排《蓝衣社内幕》的书页间取走一枚宽大的书签，上面是许锦年用洋葱汁密写出的情报。

当然，每次离开前，小胖会留下一张一模一样的书签。

对于许锦年给出的理由，顾小芸无法反驳。的确，如果他不回公寓，所有的情报都会烂在手里。上月中旬，美军杜立特飞行队的十六架B-25轰炸机对日本本土进行了轰炸，由此也促使日军发动了声势浩大的浙赣战役，旨在摧毁国民政府位于衢州、丽水、玉山等地的机场，并且试图打通浙赣铁路沿线。于是一时间，许锦年办公室里的各类密电，就像雪片一样纷至沓来。就在两天前，许锦年还传出情报，原定攻打丽水的日军小薗江旅团将调至龙游一带，以防备国军二十六军和七十四军的侧击。就此他认为，衢州决战已经不可避免。而他传出的另外一则消息，是日军第十五师团长酒井直次中将好像在兰溪踩中了国军埋下的地雷，只是目前尚且无法判断其死活。

除了为军统提供正面战场的情报，共产党在浙东初步形成的抗日游击根据地，也同样需要许锦年提供的各类消息。开辟敌后战场有利于牵制日军，共产党的抗战战略，始终强调统一战线基础上的独立自主。

许锦年不能住在办公室，那么顾小芸能做的，只有迅速找到唐耳朵。除了让小胖去杭州市面上找人，她知道唐耳朵最有可能出现的地方，无疑就是许锦年的公寓。

下午 5 点 30 分，顾小芸出现在了许锦年公寓前的露天茶吧里。天气有点闷热，感觉就要下雨。她在遮阳棚下点了一杯橘子水，外加一份芝士蛋糕。眼前的柏油马路人来人往，顾小芸相信，唐耳朵不可能在人群中开枪，因为那样不仅会伤及无辜，她自己也会在行动以后难以脱身。

顾小芸担心的是屋顶。许锦年每天的下车点是在那个绿色邮筒附近，从邮筒步行到弄堂深处的公寓，中间有十来米的距离，时间也就是几秒钟。可是一旦唐耳朵从空中射击，子弹就能毫无遮挡地命中许锦年，让他瞬间停止呼吸。

对于唐耳朵的枪法，顾小芸从来就不曾怀疑。

差不多半小时后，一辆黑色雪佛兰轿车准时出现，顾小芸凭着直觉，认为车厢里的许锦年已经看见了自己。但她没有时间去关注这些，她只是抬头，视线在对面一排高楼的屋顶以及高层窗口处一次次掠过。与此同时，她的一只手已经伸进茶桌上的坤包，那里有一支左轮枪，无须拉套筒上膛，出枪可以极其迅速。她相信，一旦发现唐耳朵的踪影，自己随时都会提前开枪，目的并不是射中她，只是搅乱这场荒唐的刺杀。

许锦年的车子在邮筒前停下，车门却没有第一时间打开。之前顾小芸提醒过他，今后不要在靠近公寓楼方向的右侧车门下车，而是出其不意地走左侧。这样对准备射击的唐耳朵，能带去一定的困扰。

顾小芸的视线里并没有什么异样，空中甚至没有一只苍蝇。蓝天很蓝，蓝得令人发慌。但在随即响起的一阵脚踏车铃声中，她却突然发现了唐耳朵的身影。就在西南方向那棵高大法国梧桐树的树顶，她看见唐耳朵正旁若无人般提着一把狙击步枪。唐耳朵站在一片面积很小的二楼阳台上，梧桐树的枝叶不停地摇晃，她像是刚从哪个幽深的树洞里钻出。

微风吹动，吹着巴掌大的梧桐叶子，发出显得有些遥远的声音。顾小芸全身绷紧，包里的左轮枪，已经被她掌心涌出的汗水包围。她听见，在她身边，那辆响着车铃的脚踏车正慢悠悠地经过，车主是个穿了和服的日本人，车把上晃荡着一吊新鲜买来的猪肉，散发着初夏时分一股油腻的肉腥味。

此时唐耳朵试着把枪举起，枪管在慢慢游移。

顾小芸感觉窒息。她之所以没有掏枪，只是因为，看见唐耳朵尚未操作狙击步枪的拉机柄。但让她没有想到的是，就在那辆脚踏车刚要到达汽车尾部时，许锦年却依旧从右侧车门下了车。这时候日本人按了一下车铃，许锦年迅速往前一步，差不多是跳跃到了正要拐弯的脚踏车车头前。如此一来，那个日本人的和服后背就成了他的一道屏障。

唐耳朵的手指一直停留在拉机柄上，她发现，仅仅只是过了几秒钟，许锦年就已经跟那个日本邻居一起，几乎同时抵达了公寓楼前的那块水泥盖板门槛下。随后，他的身影便在傍晚6点彻底消失。

顾小芸眼见唐耳朵把枪收起，她迟疑了一下，然后就匆忙提起坤包，迅速奔向西南方向的那棵法国梧桐。但她还是晚了一步，到达目的地时，阳台上的唐耳朵已经不见了。后来在交错的胡同里，顾小芸奔跑着，一双眼睛到处寻找，直至全然失去方向感，却始终没有见到唐耳朵的踪影。

夜里，熬了很久的雨终于来了。一起到来的，还有1942年漫长的梅雨季。

雨水给顾小芸带来的是失望。她担心，如果雨情延续到明天，许锦年公寓前的露天茶吧就会歇业。刚才因为没有追到唐耳朵，她回去茶吧，给了主人一笔钱，跟他商量，从明天起，将茶吧移到北边那个绿色邮筒附近。那样的话，茶吧的一溜遮阳棚，就能给下车的许锦年带来许多遮挡……

大雨滂沱。雨点撞向顾小芸家的窗框，几乎要把玻璃击碎。在一阵电闪雷鸣过后，顾小芸已经拟好一封密电，想发给远在重庆的军统局局长戴笠，让他出面发动军统杭州站的力量，一起阻止唐耳朵的刺杀。但就在打开电源时，顾小芸突然感觉眼前跟闪电一般清晰：倘若军统局杭州站参与此次行动，那不就等于将许锦年的"假叛变"给半公开了吗？她如何能保证，杭州站就没有日伪的奸细？

顾小芸即刻切断电源，仿佛触电一般。同时惊讶于自己怎么会糊涂到如此地步？！她也就此明白，为何这么长时间以来，戴笠从来就没有授意过她跟许锦年，去跟军统杭州站发生任何形式的联系。

雨没有停下来的意思。顾小芸藏好电台时，看见许多雨水已经从门缝里钻进，好像是要将她推进一条湍急的河里。她坐下，心底里又一次提醒自己：严谨一点，再严谨一点，千万别被凶猛的河水吞没。因为在这间房里，她只有她自己。

但是第二天一早，天刚蒙蒙亮，顾小芸又被自己的一个念头惊醒。

她几乎吓出一身冷汗，根本来不及洗漱，就急忙套上鞋子，胡乱抓了一把头发，整个人差不多是蓬头垢面地出门。刚才在依稀的梦里，她突然意识到，每天早上上班的时间，许锦年上车之前的那段路，简直比黄昏里的那几秒钟更加凶险。

马路边，顾小芸瑟缩在清晨的雨中，紧盯着对面那排高楼。雨雾随风飘荡，她听见身后的公寓楼方向，那扇铁门咿呀一声打开，随即传来许锦年熟悉的脚步声。那是一双四十一码的黑白相间的皮鞋，之前刚从重庆过来杭州时，她在龙翔桥国货商场里给他买的。

顾小芸低头，识趣地离开弄堂口，像个彻夜守候在路边的猥琐的妇人。在这个清凉的早晨，她不能让许锦年看见自己多少有点颓丧的背影。

时间连同滴落的雨水，一切仿佛都在静止。而当许锦年终于安全上车时，顾小芸看了一下表，却发现留给她赶去医院上班的时间，明显已经不够了。她急忙跑去路中间，面对身边所有的黄包车招手，却没有一辆愿意为她停下。

顾小芸被雨淋湿，被遗落在风中，完全成了个不成体统的女人。她顾不上这些了，决定跑步去医院。可是等她举着那把伞，蹲下身子一派潦草地卷起裤腿，起身正要迈开步子时，却跟一个街坊撞了个满怀。街坊是去对面老虎灶打开水，他的水瓶掉落在地上，轰的一声炸碎，有些滚烫的开水，于是顷刻间浇落在顾小芸的脚上。

顾小芸一阵钻心地疼痛。她咬紧牙关，倒抽了一口冷气，忍不住蹲下时看见脚上那块脆弱的皮肤，已经被烫成一片血红。雨点继续拍打在她脸上，此时她真想避开路边所有人的目光，安静地流一场眼泪。她想，自己上辈子到底是亏欠了唐耳朵什么，以至于这人当初要不明就里抢她老公，现在又要不分青红皂白地杀了她老公。谁也不能帮她，整个世界她只能靠自己。倘若让许锦年向傅胜兰公开唐耳朵的消息，76号特工总部杭州区当然会阻止这场刺杀，但是如果那样，换来的又会是唐耳朵的被捕。

顾小芸擦了一把眼，起身拐着那只脚，为自己的狼狈而觉得可笑。但是她刚走出几步，却见到了停在路边的那辆雪佛兰轿车。轿车里，许锦年坐在后排，正从车窗里探头，就那样目光雾蒙蒙地看着她，眼里是无言的辛酸与焦灼。

顾小芸咬紧嘴唇，转头避开那道视线，踮着脚尖一直往前。

这是怎样荒诞的一个清晨，顾小芸想，高明的上天真是太有想象力了，从不愿意放过任何一次让她出丑的机会。后来她终于看见，对面的那家早点摊旁，许锦年的司机正提着两袋豆浆，以及一叠刚出炉的葱包烩，步伐匆匆地走向那辆雪佛兰轿车。

雨一直下着，顾小芸深一脚浅一脚，踩在积水横淌的柏油马路上。污水盖过她刚被烫伤的脚踝，她感觉有些剥落的皮肤正准备要离开她。但她皱了皱眉头，一步步往前时，却感觉自己其实并不孤单。她知道此时许锦年的目光正投在她后背上，虽然一片潮湿，却让她备感温热。

这时候顾小芸告诉自己，不许掉眼泪。

6

1942 年的浙江暴雨，可谓骇人听闻。在许多县市的地方志里，那一年疯狂的雨水是百年未遇的。雨水覆盖着浙赣战役的炮火，怎么也看不到尽头。那年新安江溢洪，淹死很多百姓，许多县市同时山洪暴发，水位猛涨，把整个浙江都浸泡在汪洋一片的雨水和血水里。

连绵的大雨在一定程度上帮到了许锦年。一连好几天，劈头盖脸的雨点加上阴暗的天色，让顾小芸再也没有见到唐耳朵的身影。

顾小芸也因此争取到了宝贵的时间。四天后的 6 月 3 日，也就是日军开始攻打衢州城的当天夜里，结合小胖提供的市面寻人消息，她最终锁定了唐耳朵的住地。顾小芸只是没有想到，唐耳朵原来一直就住在那棵法国梧桐前的二楼出租屋里，所以楼顶那片小小的阳台，就成了她一个人的属地。

第二天下午 3 点，顾小芸穿过那场雨，推门走进唐耳朵的房里。

唐耳朵正在擦枪，擦得很仔细。她那把日产九七式狙击步枪，瞄准镜位于机匣左侧，采用五发弹仓供弹，填弹后的整枪重量为四公斤。

房间里有块黑板，斜靠在墙边，上面标注了许锦年每天上下班的时间和行动轨迹，包括他最近偶尔外出的公事活动，以及从民生路 46 号至他公寓沿途的加油站地址。

顾小芸将全部内容看完，随即就提起桌上的杯子，将那些茶水一滴不剩地泼向那块没心没肺的木板。水珠在板面上一滴一滴滑落，她提着杯子正要转身时，却看见唐耳朵举枪，枪口正对准她脖子。唐耳朵说：出去！

顾小芸像个充耳不闻的聋子，什么也没有听见。她走过去，把那杆修长的枪管挪开。然后在破旧的沙发上坐下时，她按了按疲倦的双眼，过了一阵才说：戴局长让你回去。

唐耳朵愣了一下，没想到顾小芸会提起戴笠。接着她又听见顾小芸说，局长要我转告你，你这行动很愚蠢。你在杭州根本就奈何不了许锦年，因为 76 号已经盯上你了。

唐耳朵之前没跟任何人说过此行的打算，可是现在局长不仅知道她在杭州，还清楚她此行的目的。那么很明显，这些都是顾小芸告的密。想到这里，她似乎已经明白，虽然许锦年叛变，但此时依旧留在杭州的顾小芸，显然还在继续执行戴局长的指令。

但是唐耳朵仍然说：我不可能回去。他许锦年一天不死，我就永远咽不下这口气。

这些话你去跟局长说！顾小芸的声音冷得像一块冰。她又说，我的任务，就是奉命押送你回去。

唐耳朵抱着狙击步枪，对着瞄准镜不明所以地笑了。此时她终于意识到，顾小芸这么做的目的，无非是想让她留下许锦年的一条命。她说，我还差点就忘了，其实你早就想跟他在一起。如今你又同他做了几十天的恩爱夫妻，那么我要是杀了他，是不是就如同杀了你？

顾小芸也很想笑，却苦于笑不出来。此刻如果站在眼前的是共产党的同志，她宁愿干脆就跟对方挑明，自己从来就是许锦年堂堂正正的妻子，这事谁也无法改变。她还要无比清楚地告诉对方，任何人都别想涂脂抹粉，在她跟许锦年之间肆无忌惮地晃来晃去。可她显然又必须抑制这样的情绪，因为她在所有的辰光里，都是身不由己。所以她转头，望向那块已经花里胡哨的黑板，又盯着支离破碎的许锦年车牌号说：我是已经爱上了他，而且爱得不浅。我也希望他回头是岸，无愧于党国的栽培。那么看在你我的情分上，你能不能给他一个机会，就此罢手，回去重庆？

无耻！唐耳朵的咒骂声，掩盖了窗外的雨声。

顾小芸终于笑了，笑容有点凄惨。她望着那些雨，说，唐雨星你给我听好了，爱一个人是我自己的事，跟你无关，更加谈不上无耻。然后她转头，迎着唐耳朵的目光说，就像你爱他，其实照样也跟我无关……

此时房门被突如其来地推开，凉风浩荡，奔涌进来，贯穿了整个房间。顾小芸惊讶地发现，推开门板的并不是眼前的风，而是一个陌生的男子。

男子看了唐耳朵一眼，抬腿钩了一脚，就此把门关上。此刻他目光警觉，盯向顾小芸时声音刻薄地问，你是谁？

顾小芸反问他："你又是谁？"

然而让顾小芸惊奇的是，这人竟然是军统局杭州站的一名退职外勤，名叫马东西。三天前，马东西加入了唐耳朵的这场刺杀，成了唐耳朵的帮手。

7

顾小芸再次见到小胖时，开口的第一句就是："我已经暴露，你赶紧撤退。"

小胖正在屋里写诗，他之前有很多作品发表在《东南日报》副刊里。但他哪怕有再好的想象力，也难以猜出，眼前的顾小芸到底是遇到了什么样的困境。他把手头在写的诗放下，拧紧笔套说，嫂子你觉得我可以撤退去哪里？你知道我老家在衢州，负责防守的八十六军倒是在昨天撤出了，该死的日本人正在那里胡作非为。我刚才还在想，你说我家城池失守，我姐的那一亩花生地，可能明年刨出来的，就是一箩筐的子弹壳。

你去慈溪。顾小芸说，那里有组织正在开辟的浙东根据地。接着，她将遇到的险情述说得非常详细，似乎要把所有内容都毫无遗漏地装填进小胖的脑子里。

小胖于是清楚了，自己之前寻找的女人是叫唐耳朵，唐耳朵要置许锦年于死地。但更让顾小芸焦急的是，那个自称军统局外勤的马东西。顾小芸第一眼见到马东西时，就有一种不祥的预感，后来她跟凿穿冰河一般，终于想起，这人曾经出现在许锦年"被捕"的现场。

许锦年被 76 号杭州区的傅胜兰"抓捕"，当初设计的"出事地点"是在杭州火车站。那天一辆上海过来的列车停靠时，许锦年从一名德国商人手中接过一只皮箱，箱里藏了意大利进口的电台发报机。那天"碰巧"傅胜兰也在现场，他是去站台迎接汪精卫的夫人陈璧君。

傅胜兰之前也是军统，他对许锦年的背影无比熟悉。那天他咬着嘴里的 Montercristo 雪茄，两根手指只是静悄悄地一挥，烟雾散开时，身后那帮随从便如蜂群一般扑了过去。

许锦年非常敏感，提起皮箱即刻穿插进人群，步子越来越快。但他后来在人流中奔跑时，却被一个好事者钩了一脚，于是就可怜巴巴地摔倒在站台，很像一只倒霉的鸭子。

他后来被死死地按在地上，几乎被 76 号特务给压扁。傅胜兰很快赶到，勒令手下赶紧松手。他按了按肚皮，收起肚腩时看似有点艰难地蹲下身子，然后就深情款款地道：锦年兄，大华饭店的西湖醋鱼不错。晚上我们要不要开个单间，一起喝酒，顺便也叙叙旧？

许锦年跟傅胜兰是军统的老同事，两人曾经有不错的交情，这也是他敢于"出走"的关键原因。他相信，只要自己"足够配合"，傅胜兰就不至于对他下毒手。所以那天他望着离开站台的火车，在火车头喷出的那场烟熏刺鼻的焦煤味里说：今天我虽然运气差，但傅区长也没有必要得意成这副样子。

那天顾小芸也在现场，她脚踩木屐，把自己打扮成一个日本妇女，一直在人群里观看着这场"戏"。后来她注意到，那个迎面钩了许锦年一脚的家伙，看上去文质彬彬，穿一件质地精良的卡其色风衣，可是他走出站台时，却跟等候的司机埋怨了一句日语。他好像是说，什么鬼天气，那些中国人身上臭味扑鼻。

这人就是马东西。在小胖的出租屋里，顾小芸接着说，我已经查明，他来自日本间谍组织特高课，原名小野四喜。

特高课有个秘密机构叫"针尖"，专门调查投诚日伪的可疑分子。"针尖"的工作方式很奇特，他们从不接近被调查者本人，而是停留在外围，通过一些被人忽视的线索，一层层抽丝剥茧，以求甄别出其中的伪装者。

小胖听到这里，心想，既然如此，他何不干脆过去把唐耳朵砸晕？然后将她送出杭州城。可他话刚说完，又觉得似乎哪里有点不对，这时候顾小芸果然告诉他：你这样做的结果，等于害了许锦年。小野会想，唐耳朵为何无缘无故中止刺杀，而且连人都消失了？

小胖如同淋了一场通透的雨。他也即刻意识到，现在更加火烧眉毛的，是顾小芸上门去找唐耳朵，又被小野给撞见，这样就等于公开了她的军统局特工身份。想到这里，小胖额头冒出一股汗，他感觉像是碰到了鬼挡墙，四面八方全都没有路。然后他听见顾小芸说，接下去，"三棱镜"小组转入休眠，咱们彼此之间不要再有任何联系。

小胖愣在那里，听见屋檐掉落下来的雨滴，像是掉进深邃的井里。

很久以后，顾小芸问他：你在写什么诗，能不能给我看一眼？

小胖抬头，看见顾小芸竟然在微笑。她笑起来的样子，很像他留在衢州老家的姐姐，也好像她刚刚讲述的险情，全都是关于别人的故事。

8

广济医院位于保俶塔边，它由英国圣公会打理，左右两幢欧式建筑，分别是最初的疗养院和肺病疗养所。许多年前，首任院长梅藤更博士与一个中国小患者在廊道里相互鞠躬行礼的照片，一度成为国人的美谈。1937 年 12 月底，当日军久留米师团兵分三路攻入杭州，并在城里开始为期三天的烧杀抢掠"自由行"时，医院即和蕙兰中学及玛瑙寺一起，被开辟为一家难民救助站，一直持续到今天。

这天傍晚，顾小芸打了一把伞，赶去医院跟人交接夜班。雨伞有点漏雨，水流从伞柄顶部淌下，让她途中不得不随时换一只手撑伞。

小野应该已经查清她所在的单位，就凭那天她穿在脚上的护士鞋。对一个特高课间谍来说，要在杭州为数不多的医院中准确找出一个女人，实在是再简单不过了。但顾小芸也相信，小野的第一目标是许锦年，毕竟他更有价值。那么在查清真相之前，小野暂时不会对她和唐耳朵收网。

夜班工作主要是给那些难民病人取药换纱布，塞塞被角，量量体温。顾小芸把这一切都做得有条不紊，她的目光从病人们惆怅的脸上经过时，感觉接下去的每一次查房，可能都将成为最后一次。

忙完这些后，顾小芸洗了一把脸，随即前往救助站的儿童难民区。儿童区是之前疗养院的会议室，将近九十个孩童，都是这几年收养的战争孤儿。

夜已深，楼道里刚才已经熄灯，可能是听见她的脚步声，睡在上铺的名叫"小皮鞋"的男孩一骨碌起身，动作麻利地从铺位上踩下。他仿佛一只瘦小的松鼠，"嗖"的一声冲到门口，站到顾小芸跟前时，抬头叫了一声阿姨。

顾小芸蹲下，即刻将他揽进怀里。

"小皮鞋"就是她和许锦年的儿子，这么多年来，他就如同路边的一棵野草，在这个世界上孤零零地生长。儿子才一岁多时，顾小芸也奉命离开杭州，所以就将"小皮鞋"抱去余杭，交给一个远房亲戚收养。后来亲戚死于日军的流弹，孩子身边就没了任何亲人，顾小芸始终想不明白，过去的日子里，他究竟是以什么样的方式存活下来的？

跟许锦年一道回到杭州后，顾小芸花了很长时间才找到儿子。组织那时让她送"小皮鞋"去温州的浙江省委机关，可是等到儿子上车时，面对那双泪水汪汪的眼睛，顾小芸顿时心如刀绞，最终还是把他给拽了回来。为此她跟组织撒了一个谎——孩子已经送去绍兴，去了她另外一个亲戚家。

在医院的孤儿堆里，顾小芸每个星期也只跟"小皮鞋"单独见一次面。并且她给儿子定了一个规矩，每次见面都必须叫她阿姨。

在护士值班室，顾小芸给"小皮鞋"炖了一碗牛奶，还给他修剪了一回杂草一样的头发。因为缺乏营养，儿子皮肤干燥，眼圈周围一轮青灰色。后来她将那盒六种颜色的蜡笔交给儿子，跟他说这是爸爸送的礼物。儿子愣了一下，顾小芸知道，那是因为他对爸爸这两个字太过陌生。

灯光下，儿子面对一张空白病历单，画出一个五颜六色的太阳。他说，天天下雨，阿姨肯定忘记了太阳的样子。阿姨你看，我画的太阳一共有六种色彩的阳光，我把它送给你。

顾小芸抱住儿子，说，今天可以不用叫阿姨，多叫几声妈妈。此时她泪眼模糊，心中无比惭愧，责怪自己当初为何要瞒着组织，以至于没把儿子送去温州。她后来给儿子看了小半张照片，就是她从唐耳朵合照里剪下来的许锦年，她指着许锦年曾经被红笔打叉过的脸，告诉儿子说，记住了，这就是你爸爸。

说完，顾小芸看见儿子伸出一根手指，试着触碰照片中的许锦年，好像那是一块滚烫的冰。后来，在顾小芸反反复复的叮嘱中，"小皮鞋"给自己系好布鞋的鞋带，跟母亲说，妈你说的我都记住了，我姓许，言午许。照片里的人是我爸爸，我爸叫许锦年，我妈叫顾小芸。妈我说对了吗？妈你别哭……

顾小芸不争气的眼泪顷刻间再次涌出。她转身，把所有的泪水擦干，最后才抽了抽鼻子说："小皮鞋"以后永远要记住，不管碰到什么事情，都不许掉眼泪，更不许哭……

9

清晨，小胖站在广济医院门口的雨中，看见下班的顾小芸撑着一把伞，脸上有许多未及掩饰的落寞。

小胖钻进那把伞下，笑了一下说，嫂子我昨天那首诗写完了，我要不要这就念给你听？

我让你撤退！顾小芸说，这是命令，你必须服从！

小胖接过移动的雨伞，说，嫂子你说够了没有？我不会丢下你和锦年哥不管。

此刻小胖并不知道，顾小芸的坤包里已经多出一枚手雷。她已经想好，过去唐耳朵的屋里，设法将小野除掉，哪怕是两人同归于尽也好。但现在顾小芸却看见小胖掏出一张杭州日伪的《之江新报》，并且提醒她留意一则报上的启事：就在今天下午，76号杭州区要在广济医院举办一场难民慰问活动，参加慰问的代表人员中，除了傅胜兰，还有许锦年。

风刮着报纸，让它很快就被飘过来的雨点打湿。顾小芸抬头，看见那么空茫的雨，一下子觉得眼前的世界是前所未有的虚幻。下午她正好上班，那么这无疑是一场阴谋，说明小野要收网了。

作为一个北海道渔夫家族的后代，小野这是在挖空心思，让她和许锦年以及唐耳朵三人，随着一种可怕的洋流，无法退避地碰撞到一起。

顾小芸后来一步步走在雨里，奇怪自己的心情怎么就变得越来越轻松。她记得跟许锦年刚来杭州的第一天，也是这样的一个雨天。那天他们走出站台，许锦年打开重庆带来的雨伞，她于是靠着他肩膀，搂着他就那样一路往前，心里希望能从此走上一辈子。

顾小芸像是陷在回忆中不能自拔，她笑着说，小胖你知道吗？刚来杭州的那段日子，是我跟锦年这辈子最幸福的时光。因为那时候，我们终于做了一回真正的夫妻，可以向世人公开的夫妻。虽然在军统局的档案里，我们是一对假夫妻。她说之前我跟你锦年哥分别了那么久，哪怕是彼此站在对面，也不可能去多看对方一眼，更别说牵手。

小胖打着那把漏雨的伞，心里觉得稀里糊涂。他不是很明白，顾小芸怎么就突然说起了这些。

肆

10

在唐耳朵后来的记忆里，1942年的6月9日，是她人生中一道耻于言表的分水岭。

首先是这天中午，她正坐在房里发呆时，那个自称马东西的男人火急火燎地赶来。马东西抓着一张被雨淋湿的报纸，告诉她机会来了，就在广济医院，许锦年下午会露面。

说完马东西脱了雨披，说，到时候医院大厅会搭个小方台，只要许锦年一上台，那么近的距离，只需要一把短枪，他许锦年的脑袋就会在第一时间如同被砸烂的西瓜一般爆开。

唐耳朵什么也没说，一个人走去了门外。连日的雨水，已经让那棵法国梧桐看上去奄奄一息。她记得之前晴朗的日子里，梧桐的飞絮总是那样飞来飞去，一下子钻进眼里，让人像是掉了一场泪。

随后她又记起，当初许锦年给廿八都特工培训班上第一堂课，她在做自我介绍时声音响亮地说：我叫唐雨星，也叫唐耳朵。许锦年于是"扑哧"一声笑了，问她为什么会叫唐耳朵，她就回答：因为我以前睡觉时总要抓着我妈的耳朵，不然我睡不着。说完，全班人哄堂大笑。

马东西来到走廊，站在唐耳朵身边，看见她眼里似乎有一滴泪水在闪烁。他问，你怎么了？唐耳朵抬头，望向雨幕中的远方，说，你别管。

马东西试着将她抱进怀里，替她擦去泪水，问她，你是不是后悔了，还是有什么顾虑？我那边有一部电台，你要不要给戴局长发一份密电，听听看他的意见？

唐耳朵说，你松开。马东西却眨了眨眼睛，把她抱得更紧，嘴里还挤出一句：其实我舍不得你，这样的行动很危险。唐耳朵于是猛地将他推开，接着又一个巴掌扇了过去。唐耳朵说：你以为你是什么东西？

马东西笑了，笑得丝毫没有道理。他捂着自己被扇痛的脸，扯开嘴角说，要不我先走了？我等下过来接你。说完他套上雨披，走下楼梯又很快跨出门口。路上他看见一只雨中痴呆的青蛙，以及被车轮轧扁的癞蛤蟆，于是就回想起许锦年在杭州火车站被按压在站台上的那一幕。他一直觉得，这件事情有问题。后来他跟踪观察许锦年，发现他经常去民生路对面的弄堂里买烟，而且就在一天中午，他还有幸见到唐耳朵通过弄堂里跳橡皮筋的女孩，将一个信封转交到了许锦年的手里。

马东西觉得功夫不负有心人，兔子总算是露出了尾巴。于是他有次将唐耳朵堵在了弄堂里，威胁说，自己是军统局杭州站的外勤，亲眼看见她给汉奸叛徒许锦年传递情报。唐耳朵却一声不吭，直接掏枪指向他脑门，说，实话告诉你，我还是军统局总部的，本小姐在信封里送去的，是一枚子弹。马东西或者是小野说，我凭什么相信你？唐耳朵却问他，我为什么需要你相信？

那天小野也是眨了眨细小的眼睛，他决定就此一查到底。心底里，他才不会相信唐耳朵的那些鬼话。至于后来出现的顾小芸，那几乎是上天对他们特高课"针尖"组的又一次恩赐了。他只知道，当初许锦年被傅胜兰抓捕时，的确交代过有一个女搭档，不过许锦年在受审时却说，不用费心去寻找了，人肯定已经离开杭州。

11

下午 2 点 30 分，傅胜兰带着许锦年，提前半小时到达了广济医院。

候诊大厅里挂着"日中亲善慰问"的横幅，旁边稀稀拉拉站着一批难民。此外还有一群破衣烂衫的孤儿，正围着英国籍的院长苏达立先生互相追逐。

苏达立觉得很抱歉，跟傅胜兰温和地笑笑，又对孩子们轻声叫喊：别跑，安静。接着，傅胜兰带许锦年去了临时休息室，他也是在沙发上坐下时才发现，许锦年抓在手上的那本书，竟然是他刚出版不久的《蓝衣社内幕》，里头记述的，是他在军统时期的所见所闻。

傅胜兰靠在沙发上，取笑许锦年真会装，连拍他马屁也这么用功。许锦年却笑笑，说，这么干坐着其实挺无聊，区长该允许我见缝插针，随便翻几页消磨时光。

许锦年早就在想，今天这场慰问有猫腻。不仅是因为顾小芸在医院，还因为自己一个小小的科长，凭什么就能和傅胜兰一起，代表着76号，而且还把名字挂上了报纸？刚才看见那帮孤儿，他之前的担心变得更加剧烈，因为顾小芸那天说过，要把那张照片给儿子看，让他知道爸爸到底长什么模样。幸好，那群孩子里，许锦年并没有发现能让自己留意的面孔。虽然跟儿子分开六年，他现在只记得小家伙当初在襁褓里吮吸手指的样子，但他还是相信，自己作为父亲的直觉。

傅胜兰也在暗地里盘算。他是在昨天下午被小野四喜召见的。那人穿一件深色的风衣，出示了上海特高课的证件。气氛刚开始有点僵，小野一直看着窗外令人烦恼的雨，后来他开口说，我们来讨论一个比较有趣的话题，关于你们的密电科科长许锦年。

接下去的讲述，小野做到了简明扼要。但到了关键一点时，傅胜兰插了一句，说，那天中午我也碰巧在场，许科长信封里收到的，的确是一枚子弹。

小野不动声色，继续凝望窗外的雨，他说，那么傅区长有没有检查过那枚子弹？咱们来假设一下，要是把弹壳掏空，里面藏上一份情报，你觉得有这种可能吗？

傅胜兰冒出几粒汗珠，看来他确实有点疏忽了。

医院慰问难民一事，于是就这么确定了下来。小野一次次拨弄着手指，心想，回去以后该抽空修剪一下指甲，然后他像是自言自语，说，把这几个人都叫到一起，到时候看看他们的枪口会不会冒烟，傅区长就什么都清楚了。说完，他掏出一张便笺纸，推给傅胜兰道：新闻稿我已经准备好，抓紧连夜发出去。

傅胜兰看了一下表，现在时间将近 2 点 50 分。按照之前的部署，当他跟许锦年进入大厅时，随后赶到的卫兵队就要将整个医院封锁，之后便谁也不能出去，特别是有个名叫顾小芸的护士。

门始终开着，傅胜兰后来是透过眼前的雪茄烟雾看见，有个剪了干净短发的男孩，正怯生生地站在门口。男孩六七岁的样子，一双眼睛战战兢兢地望向房里时，视线始终围绕着埋头看书的许锦年。傅胜兰敲了一下茶几，说，许科长，是不是有人找？

许锦年心里"咯噔"了一下。他马上意识到，自己的担心可能就要变成现实。所以当他装作一本正经地望向门口，目光却突然跟"小皮鞋"撞在一起时，内心就猛烈地抽紧。他感觉，有什么东西正在降临，如同六月飞雪。

此时许锦年哪怕是用自己的脚指头也能猜到，眼前一步步走来的，正是自己的儿子。儿子太像他了，特别是那片偶尔翕动的嘴唇，似乎时刻都把要说出来的话语强行咽进了肚里。不会有错的，他手上还拿了一支红色的蜡笔，一看就是崭新的，是顾小芸刚替他买的。

许锦年的嘴微微张开，他听见脑门四周嘤嘤嗡嗡的声音，顿时觉得可恶的上天真是瞎了眼，为何要如此对待他们，这个原本就支离破碎的一家。他强打起精神，迎向"小皮鞋"的目光，心中却开始做最后的祈祷：儿子，我不是你爸。千万别叫爸爸。快走！走开！

但是许锦年失望了，儿子的脚步居然越来越快，后来几乎是一路小跑，笔直地向他奔来。儿子最后站定，盯着眼前的父亲，让他觉得万籁俱静。许锦年强颜欢笑，同时又呈现出恰如其分的诧异，最后他刮了一下儿子的鼻子，问他说，小不点，你叫什么名字？

我叫小皮鞋。儿子回答。

许锦年垂眼，看着儿子幼小的脚，希望时间就此停住，永远不要继续往前。他十分清楚，此时傅胜兰正笑眯眯地看着自己，好像是在观望一场戏，看它接下去会如何被演砸。傅胜兰在沙发上坐直，说，小皮鞋，你是不是认识他？你有什么事？

该死的，原来这场特意安排的慰问，目的果然是要揪出他们一家三口。许锦年想，这到底是怎么被傅胜兰发现漏洞的？这么多年，他跟顾小芸跨越了一次次的困境，每次都是柳暗花明，可是接下去要面对的，终于是绝境。

但是许锦年怎么也没想到，儿子这时却亮出另外一只被他忽视的手，举到眼前说，叔叔，你刚才掉了一枚书签。我把它还给你。

原来一切都是一场噩梦……许锦年的眼里，瞬间变得云淡风轻。他刚才紧成一块铁的心也松开，荡漾出一股涟漪。他接过那枚被人踩了一脚的书签，抚摸着儿子的脑袋说，小不点，叔叔该怎么感谢你？

傅胜兰略微笑了一下，目光有点含糊。他抬手看了一下表盘，指针已经指向3点。照理说，此时聚集到大厅的记者和人群中，小野和那个女军统应该出现了。可是有点奇怪，等他走去门口时，还是没有发现小野的身影。

这时候，他的一名贴身随从迎面走近，随从跟他耳语了一阵，又给他出示了一张小野的日文名片。傅胜兰于是说，让他们进来。

许锦年不知道要来的人是谁，他只是听傅胜兰说，你出去一下。可是他牵着"小皮鞋"，正想带他离开休息室时，却看见走进门来的竟然是小胖。小胖拉长着一张脸，他将收起的雨伞靠在门口，然后在他身后出现的，居然是提了一个档案袋的顾小芸。

顾小芸一身笔挺的西装，看上去英姿飒爽。许锦年想，这到底是怎么回事？

门即刻被小胖关上。顾小芸也是在这时才发现，许锦年的身边，竟然还站着自己的儿子，这是她怎么也没想到的。之前所有的计划，怎么就出错在了儿子这个环节？

她把目光跳开，跟触电一般。

小胖就是在这时摘下头上的鸭舌帽，压在了胸前，继而又向沙发上的傅胜兰施施然行了个礼。但几乎是在一瞬间，他就变戏法般掏出藏在帽子里的短枪，枪口指向傅胜兰道：不要自作聪明，千万别发出任何声音。

顾小芸的枪是藏在档案袋里的，她避开儿子的目光，举枪勒令许锦年：别动，回到沙发上去。

两分钟后，刀子扎进许锦年的肚皮，无比锋利，也让他感到一丝清凉。此前，小胖用胶带纸将许锦年和傅胜兰的嘴胶住，并且将两人的手脚捆绑。顾小芸的刀子，就在她那只米白色的坤包里。动刀之前，她将茫然不知所措的儿子拉开，让他站到门前，面对那扇反锁的门板站定。

许锦年先是左腹中刀，随即扑倒在顾小芸的怀里。他把脑袋靠在妻子的肩上，挨着她脖子，听见她温热的呼吸，同时也闻到那阵熟悉的体香。越过妻子的肩膀，他看见小胖的刀子正毫不犹豫地刺向傅胜兰。但在那阵清脆的刀声里，他又看见儿子偷偷转身，就那样懵里懵懂地望着自己，好像此时抱在一起的父亲和母亲，就是他眼里所能看见的整个世界。

顾小芸抽出刀子，猛地推开许锦年，像是推开一段不堪回首的岁月。许锦年迷迷糊糊地看了她一眼，看见她目光正缓缓移向茶几上的热水瓶，这让他想起十天前的公寓附近，顾小芸曾经被打碎的热水瓶里的热水烫伤。于是他轻轻点了点头，手指又指向自己的右腹，示意她可以再来一刀。

顾小芸迟疑了一下，提着那把沾满血的刀子，最终还是扎了过去，直到许锦年彻底在沙发上瘫倒。

血在地上蔓延，许锦年看了一眼茶几上的热水瓶，然后跟顾小芸眨了眨眼。他是在告诉妻子，自己已经明白，等她跟小胖安全离开医院，他就会把热水瓶推到地上砸碎。因为水瓶炸裂的声音能引来门外的随从，医生会第一时间止血，也会迅速将他送去抢救室。

小胖扔下刀子，擦了一把手。顾小芸跟随他一起离开休息室，随手将打开一条缝的门给关上，也就此将始终盯着她的儿子锁在了门里。

小胖拿起门口的雨伞。

顾小芸走去傅胜兰的两名随从中间。

顾小芸开口，对随从轻声说：我们先走，小野四喜先生有事耽搁，估计再过十分钟就能到达，慰问仪式适当推迟。

屋檐下，小胖的雨伞"哗啦"一声打开。顾小芸扣好西装，即刻走进那把硕大的伞里。

此时杭州城的雨，正下得越来越大。

暴雨如注！

差不多是四十分钟前，按照顾小芸的计划，小胖一个人骑车去了唐耳朵的屋里。路上他见到唐耳朵正好上了小野的汽车，车子迎面驶来，小胖将脚踏车横在弄堂口中间，又对着车头方向深鞠躬，还热情地招手，示意车子停下。

司机踩了一个急刹，小胖于是蹦蹦跳跳地走过去，耐心等待司机这边的车窗玻璃摇下十厘米。这时候小胖露出迷人的酒窝，朝坐在前排副驾驶位上的小野说，小野四喜先生，傅区长让我过来转告您，因为公务缠身，他可能会晚一点到达广济医院，还望您见谅。说完小胖瞟了一眼坐在后排的唐耳朵，看见她正目光如电……

时间极其缓慢，可以说是凝滞。但是小胖踢开脚踏车撑腿时，似乎听见身后传来两声沉闷的枪响。雨声嘈杂，枪声又来自封闭的车厢，所以小胖的确听得不够真切。他后来是在转头时才看见，那辆车的挡风玻璃上，已经一左一右溅开两股新鲜的血。血像一堆散开来的红色蚯蚓，各自朝着不同的方向努力攀爬。

唐耳朵在绒布车座上擦去溅到枪口的血。刚才因为坐在后排，她占据了有利地形。她看见小野和司机都僵愣在那里，目光空洞地张望前方，如临大敌一般。

时间仿佛滴滴答答的雨。小野从后视镜里看见，唐耳朵已经举枪。所以他只能开口说：你要是现在就开枪，咱们两个之间不公平。

唐耳朵懒得吭声。小野于是透过挡风玻璃，望向小胖拱起在雨中的背影，他问唐耳朵，这家伙也是你们的人吗？我以前怎么没见过？话没说完，他就猛地撞向车门，想开门飞身出去。但是唐耳朵双手开枪，两颗子弹第一时间贯穿他和司机的后脑。唐耳朵同时带了两把短枪。

小胖试着把车门打开，他已经对唐耳朵佩服得五体投地。面对唐耳朵即刻举起的枪口，他眼里充满了赞许，所以他笑呵呵地说：不用紧张，我叫张翔。是我嫂子让我过来的。我嫂子你认识，她叫顾小芸。

车子急速朝着广济医院的方向奔去。路上唐耳朵了解清楚原委，问，接下去该怎么办？小胖猛打一下方向盘，车子拐弯时溅起一滩水，他于是倾斜着身子回答：我跟我嫂子进去，你在外面开车接应……我倒是担心锦年哥，但愿他不要流太多的血……不过还好，我嫂子是学医的，她知道刀子怎么扎才安全。

小胖一只手开车，另外一只手抓起小野留在座位上的公文包，扔给唐耳朵说：我一下子忙不过来，你搜搜看，包里有没有那家伙的名片？

你们最好把傅胜兰干掉。唐耳朵说。

看运气吧，小胖说，姓傅的其实死不死都无所谓。活着也好。因为你想啊，他正好是锦年哥的目击证人。他的证词最有效，利于锦年哥继续留在 76 号……

12

接下去的故事，就是顾小芸牺牲了。她死得很惨，最后掏出了坤包里的手雷。

其实顾小芸原本是可以安全离开的，问题出在"小皮鞋"的身上。那天"小皮鞋"被关在广济医院的休息室里，许多事情都让他想不明白。他看见父亲身上流了那么多血，可能会死去，心想自己该做点什么，不能就这么毫无意义地待着，于是就把门打开了……

此时顾小芸刚走到医院门口,她已经见到了马路边的唐耳朵。唐耳朵坐在小野的车里,把着方向盘,车子没有熄火。这时候候诊大厅外一声枪响,鸣枪者是傅胜兰的随从,声音穿透过雨阵,惊天动地。

为了掩护唐耳朵和小胖,顾小芸留下了。再说她的脚前几天刚被烫伤,还未痊愈,那天又因为穿西装而配了高跟鞋,所以她跑不快,根本来不及上车。她只是推开前来接应她的唐耳朵,说,快走,不要回头!这时候她左腿中了一枪,子弹削去一片膝盖骨。她抿了抿嘴唇,跟唐耳朵苦笑着说,麻烦你以后……替我照顾好锦年……

车子不得不离去,黑压压的 76 号特务很快将落单的顾小芸围住。此时顾小芸掏出坤包里的手雷,想要再杀几名二鬼子垫背时,却猛然看见了远处的儿子。儿子站在医院二楼的窗口,他的目光投下,如同一片橘黄色的夕阳,让她不忍心将自己炸得粉碎,给儿子的记忆留下一辈子的血光。

子弹一瞬间纷至沓来,散开在顾小芸被雨打湿的风度翩翩的西装上。她紧紧护佑着那枚手雷,望向儿子时,笑容的确有点凄美。

两天后,小胖带着唐耳朵出现在我党的浙东三北抗日根据地。在一场山雨的间隙里,他听见一直像木头一样的唐耳朵终于开口。

唐耳朵声音很轻，说，对不起……

小胖沉默，他在给唐耳朵铺床。他摊开那张全新的草席，将它铺平以后说，你愿意留下来吗？只是以后的日子，可能会有点苦。

时间又过了十五天，伤口基本愈合的许锦年再次去了一趟广济医院。这次他还是代表 76 号杭州区，是过去给日军伤兵送上一些紧缺的药品。此时医院已经被日军征用，从浙赣战役前线送下来的一大批伤兵，将各个区域挤得水泄不通。因为那场百年难遇的雨，很多日军伤兵都染上了痢疾，躺在地上痛苦不堪。

"小皮鞋"已经不在了，许锦年也没有见到曾经的苏达立院长。在之前的那间休息室里，他一个人休息了很久，想起自己的妻子，也想起自己的儿子。

就在这里，他们一家三口是以常人无法想象的方式，最后团圆了一次。

伍

13

1949年5月6日，立夏。这一天，位于浙西的江山县城解放。

那天没有下雨，在离城区不远的坛石上王竹子林，中共闽浙边城工委员会的驻地，唐耳朵、小胖，以及许锦年三人，十分凑巧地碰到了一起。他们是跟随二野部队四十六师一百三十八团的官兵，从常山那边出发，毫无悬念地攻进了江山城。

唐耳朵见到许锦年时，悄无声息地退了出去。等到小胖追上她，她已经泪流满面，身子也在瑟瑟发抖。唐耳朵说，我一见到许教官，就想起了小芸姐，心里怎么也无法平静。

小胖看见黄昏降临，接着他又听见唐耳朵说，你不用劝我，我这一辈子，永远也无法做到坦荡。

那天许锦年跟小胖面对面坐着，一直坐到了深夜。因为对顾小芸的缅怀，小胖后来念了一首诗，是他当初来不及念给顾小芸听的：

我在星期六下午站在钱塘江边，
看见从浙西一路走来的江水，
晃荡着衢州水亭门的倒影。
水亭门是我的老家呀，

那里有我的姐姐，

我的老家被日本人占领，

我的姐姐杳无音讯。

我问江水：衢州还好吗？

江水却一路往前，

甚至来不及跟我说一句简单的再见……

许锦年听着小胖的《姐姐》，就想起七年前的 1942 年 6 月。
此时他看见风吹竹林，也仿佛在夜色里看见了顾小芸的身影。

14

那天我也在场，我正好 14 岁，我喜欢给二野部队的首长牵马。

小胖叔叔给了我一堆电影票，是杭州中华大戏院的，总共
十六张，票面已经发黄。我最先看见的，是属于 1942 年 5 月
29 日的一张，座位号是六排九号。小胖叔叔说，这是我妈留给
我的，他还说我妈的故事，就是一场感人的电影。

是的，没错。我姓许，言午许。我就是许锦年和顾小芸的儿子，
我以前叫"小皮鞋"。许多年前，我很想让我妈给我买一双圆
头系鞋带的小皮鞋，因为我曾经在杭州城里见到富人家的孩子
穿过，太帅了。

那天唐耳朵泪水涟涟，她把我抱住，抱得很紧，好像我是
她分别了许多年的儿子。我悄悄问小胖叔叔，她是谁？小胖叔

叔看了一眼我父亲。我见到父亲比以前沧桑，脸上开始有了许多皱纹。

父亲想了一阵才对我说，你可以叫她姑妈。有些事情，以后你会懂的。

记忆的闸门于是又一次在我眼里打开，我想起 1945 年的 8 月，父亲去玛瑙寺见我的那一天。

那天父亲是在玛瑙寺住持的指引下，见到了从广济医院搬迁到那里的我。在玛瑙寺的仆夫楼二楼，父亲给了我一盒十二种颜色的蜡笔，说，送给你。但是我不敢接，我歪着脑袋说：叔叔，我不认识你。

父亲说，没事了儿子，日本鬼子很快就要投降，你现在可以叫我爸爸了。

这时候我望向和蔼可亲的住持，看见他对我点了点头，我这才鼓起勇气，想揭开一个百思不得其解的谜底。

我问父亲：爸爸，妈妈当初为什么要杀你？

父亲说：其实妈妈是在保护我。这事情以后你会懂的。

我接着说：可是妈妈连着捅了你两刀。

父亲接着回答：因为爸爸那时穿了纤维状的防弹衣，虽然刀子能够刺穿，刀口却不会太深，再扎一刀也没什么了不起。

我又说：爸爸为什么要穿防弹衣？

因为有人要枪杀我……父亲说完，摸着我很长时间没有修剪的头发。他眼神迷离，望向玛瑙寺里的那棵蜡梅，以及远处一棵百年的樟树，说，别问了，很多事情，以后你会懂的。

8月的风，从附近的西湖方向吹来。最后父亲问我，那天在广济医院，"小皮鞋"是不是已经认出了爸爸？我就说，我看过你照片，当然知道你是我爸爸。但是妈妈嘱咐过，我以后要是见到了爸爸，无论如何也不能开口叫爸爸。

那天爸爸中刀流血，"小皮鞋"又见到了躺在地上牺牲的妈妈，怎么就没有哭？

我于是抬头告诉父亲，因为妈妈还说过，以后不管遇到什么事情，都不许掉眼泪，更不许哭。

我还说，爸爸，我很想念妈妈。

完稿于 2021 年 5 月 18 日

壹：1945 年 8 月 10 日

1

许锦年上次见到儿子，是在三年前，妻子顾小芸牺牲的那天，此后儿子小皮鞋便杳无音讯。然而这天上午，当过来接头的钱文标正要开始布置任务时，许锦年却猛然醒悟，厉声地质问，老钱你是不是早就知道我儿子的下落？

钱文标目光飘忽，声音开始收缩，说，你先安静一下，听我把任务说完。我刚才讲到哪里了？

许锦年于是彻底爆发，"啪"的一声就将手上那只酒杯砸碎，吼出一句道，钱文标你真卑鄙，简直就没有人性！

一片广袤的寂静瞬间就在公寓房中降临。钱文标听见头顶的风扇不停地旋转，也闻见洒在地上的进口白兰地扬起一股清凉的苹果味。

十五分钟前，钱文标头戴草帽，肩挎一个帆布工具包，看似心不在焉地登上了孝女路 72 号公寓房的二楼。他的工具包里装了锤子、剪刀、卷尺、木塞，以及捆在一起的棕绳等杂七杂八的东西。在 201 室门口，钱文标敲响门板，等到开门的许锦年露脸，他才回头张望一番说，先生家有没有棕板床要修？价钱好商量的。

许锦年刚从杨公堤上长跑回来，脚穿一双回力球鞋，身上被汗水打湿一半。在把门关上时，他瞥了一眼钱文标，主要是钱文标脸上那副十分陈旧的近视眼镜，心想，自己在杭州这么多年，还是第一次见到有四只眼睛的棕板师傅。

钱文标神情自若，撩起长衫坐下时推了推那副眼镜，好像要显示出一路赶来的风尘仆仆。可他刚要布置具体任务，却见到许锦年莫名其妙打开一瓶看似很高档的洋酒，酒瓶上爬满绕来绕去的英文字母。最近几天，好消息倒是接连不断，先是美军在日本广岛和长崎投下两枚原子弹，接着是前天夜里，苏联政府又向日本宣战。但是钱文标想，这毕竟还没到最后胜利的时刻，如此大张旗鼓地庆祝，是不是有点为时过早？

金黄的白兰地倒进玻璃杯子，有着秋天般的颜色。在那股沁人心脾的苹果味中，钱文标想起一位英国作家的诗句：使屋前的老树背负着苹果，让熟味透进果实的心中。这时候许锦年笑得像个孩子，已经迫不及待地要跟他碰杯。许锦年说，告诉你个好消息，孩子找到了！

钱文标依旧停留在关于秋天和苹果的诗句中。他愣了一下，随即又很及时地展示出笑容，只是笑得比较节约。

找到就好。钱文标说，不过我已经戒酒，咱们接着往下说。

许锦年奇怪，老钱竟然如此淡定，好像他千辛万苦找回的只是一把丢失几天的钥匙，而非失踪了三年的儿子。后来他终于醒悟过来，就实在无法控制情绪，吼出一声"钱文标你真卑鄙，简直就没有人性"。

旋转的风扇吹乱钱文标的头发。他摘下那副眼镜，盯着松动的镜腿，以及有着许多划痕的镜片，想起眼镜是八年前的秋天，妻子陶敏送他的结婚礼物。钱文标说，许锦年同志，你再怎么对我有意见，也不能这么口不择言。你知道这么多年我虽然没有孩子，但这并不代表我不通人性。

2

1945 年 8 月 10 日，星期五，是立秋过后的第二天。这天杭州城日头毒辣，正是城里人所讲的"秋老虎"发威的日子。

许锦年站在窗前，一根接着一根抽烟。屋里很快烟雾缭绕，如同一座局促的寺庙。

钱文标在烟雾里不停地咳嗽。他捧着那副珍爱的眼镜，小心翼翼擦了一通，说，许锦年你变了，你现在就跟公牛一样暴躁。许锦年却咬紧牙关，目光凶猛，好像当场就要冲过去，即刻把钱文标给掐死。

自从妻子牺牲以后，整整三年，许锦年一直在寻找儿子的下落。作为潜伏在杭州汪伪政保局的共产党一线特工，他每次跟钱文标接头，分手前的最后一句总是雷打不动，那事情有消息吗？钱文标总是努力地笑笑，脸上像晃荡起一截茄子，说，组织一直在努力，孩子肯定还在杭州，还说，曾经有交通员在大关菜场，见到过"小皮鞋"一眼。

现在许锦年掐灭烟头，像是掐灭一段不堪回首的记忆。只有许锦年自己清楚，过去的三年时光，他经常在梦里见到儿子。梦里总是大雨滂沱，他看见儿子蜷缩在妻子顾小芸的坟前，如同一只被人丢弃的狗。

钱文标几乎在烟雾中窒息。他的声音类似于哀求，说，许锦年你能不能别抽烟？我知道我对不起你儿子，更加对不起牺牲的顾小芸同志。可是你要相信，等到胜利的那天，我们一定给顾小芸找一块墓地。她是我党忠诚的勇士。

许锦年忍不住把眼睛闭上，却看见众多往事，犹如海潮一般涌起。那年妻子牺牲时，身上总共有十六个弹孔，据说就连火葬场的烧炉工，在她身上也找不出一块完好的皮肤。也是从那时候开始，他染上了失眠症，每次夜深人静，睡眠都是他难以征服的敌人。他一旦闭上眼睛，就看见妻子孤零零地站在雨中。瘦弱的妻子没有打伞，身上被雨水和血水浇透，她三番五次跟许锦年打听，咱们的儿子呢，你是不是把儿子搞丢了？

屋里的自鸣钟"当"的一声敲响，时间正是上午 10 点。此时许锦年湿透的汗衫已经风干。他垂头把窗打开，却听见树上一只勇猛的虎头知了顷刻间鸣叫得歇斯底里。在那场昏天暗地的叫嚣中，许锦年一字一句地说，钱文标你给我听着，这事情我不可能原谅你。

3

钱文标这天进城，是从诸暨过来，身上带了一项重要的使命。

早在三年前的 1942 年，中共中央华中局就派出力量深入浙东敌后，在当时的慈溪成立了浙东抗日游击根据地。此后活跃于金华及萧山一带的新四军队伍又在诸暨成立了金萧支队，隶属浙东根据地。金萧支队所在地离杭州不远，所以日常负责跟许锦年单线联系的，就是支队政委钱文标。

在华中局特情科的档案记录里，许锦年的身份是一名"三面特工"。钱文标记得非常清楚，早在 1941 年初，许锦年就跟妻子顾小芸一起，在当时中共中央东南局的安排下，以不同的方式先后潜入国民党军统局。随后两人又被军统局总部从重庆派往杭州，以刺探收集日伪在京沪杭沿线的各路情报。然而军统局内部至今都无人知道，当初这对以假夫妻身份出现在杭州，每天从早到晚生活在一起的特工搭档，实际上已经结婚多年，并且有了自己的孩子。时间到了 1941 年底，许锦年又设计上演一出戏，让自己被汪伪 76 号特工总部杭州区"抓捕"，继而又"叛变投诚"，摇身一变成了 76 号杭州区的密电科科长。一切看似顺风顺水，许锦年也在密电科科长的位子上，给军统局及中共中央华中局提供了不少有价值的情报。然而上天总是会对孤胆英雄增添额外的"照顾"，想方设法给他们以折磨。曾经的军统局内部，有个叫唐耳朵的女特工，死心塌地喜欢上许锦年。可是因为许锦年"叛变"，唐耳朵又由爱生恨，决心剪除这个负心的男人，结果那场荒唐的刺杀又被精心伪装的日本特高课间谍利用。为了保护许锦年，以及保护他得来不易的潜伏身份，在不能揭开幕后真相的前提下，妻子顾小芸策划了一场貌似实打实的"伪装刺杀"，最终却又牺牲在了刺杀现场……

往事像不灭的烛火，钱文标每每想起这些，便感觉眼前掠过一场无声的黑白电影。二十多年前，在当时的杭州蕙兰中学，他跟许锦年还是上下届同学，同时也是学校无线电兴趣班的同班学员。在那个密不透风又挂着厚重窗帘的教室，他记得自己跟许锦年一同戴上耳机时，耳边就灌满着各种滴滴答答的电报声，犹如少年寂静的心跳。钱文标至今还能想起，兴趣班上课时，十来岁的许锦年常会给他投来安静的一瞥，在那样的目光中，他似乎看见一对飞翔的翅膀。

中午时分，钱文标离开孝女路，赶往这天他要去的二号接头地点——拱宸桥大同路小学。大同路小学有个名叫张家喜的国文老师，负责着金萧支队在杭州城布下的另外一个交通站。张家喜这条线总共有三名人员，另外两个分别是皮市巷崇文中学的蚕桑课老师丁莉，以及拱宸桥运河码头的搬运工陈群。而在钱文标这里，则统一称他们为"拱宸桥三人小组"。一直以来，三人小组与许锦年之间是相互隔绝的，谁也不知道对方的存在。

抗战显然已经到了最后关头，钱文标这次来杭州，给许锦年当面交代了一个非常特殊的任务。他让许锦年去找杭州汪伪和平军的守城司令余一龙，设法予以拉拢渗透，以期在可以预见的日本投降之际，让余一龙率部向共产党苏浙军区缴械，迎接浙东的新四军队伍进城。

战争胜利后争取收复京沪杭等大城市，是中央筹划已久的一项重要战略措施。然而组织十分清楚，盘踞杭州的余一龙根基很深，绝对不好对付。这人不仅是日伪政府的城防司令，还是杭州青帮"学"字辈的当家老大，手下有两支不容忽视的力量。苏浙军区首长认为，倘若余一龙尚未认清形势，痴心妄想一条黑路走到底，那么受命过去策反他的许锦年，很可能会因为身份暴露而陷入绝境。首长的声音意味深长，说，许锦年扎根敌营多年，是我们一笔宝贵的财富，你们要懂得珍惜。就此钱文标建议，策反行动同时启用张家喜这条线，随时保持策应。以备到了危急时刻，三人小组能够扰乱敌人视线，掩护许锦年安全撤退。

　　8月正是暑假时光，大同路小学的木门虚掩着。钱文标推开那扇吱呀作响的门板，恍惚有一种回到乡下老家的感觉。眼前的校园一片空荡，也让他想起每一年冬天，老家门前那片干涸的河滩。事实上，张家喜不仅是金萧支队的交通员，还是钱文标的弟弟。钱文标原本不姓钱，1931年顾顺章叛变之前，他在上海中央特科担任一个小跟班，原名叫张家田。

　　操场上的热浪一层一层翻滚，钱文标首先见到的是自己的父亲。父亲张发水打着赤膊，坐在宿舍楼走廊前，每年夏天，衣裳对他来说就是一件累赘。父亲是学校的门卫，以前开学时每天上下课，他都负责敲响挂在树干上的一截叮叮当当的铁轨。张发水也算认得几个字，所以也承担了学校的报纸信件收发工作。他跟随儿子来杭州，是在去年。那次他提着一笼鸡苗从老家坐船过来，在城里到处张望，半路上跟张家喜走散了。鸡笼有点沉，他就搁在某个弄堂口，然后挨家挨户打听去往拱宸桥的方向。可是等他回头，看见有个老太婆已经把他的鸡笼给提走了，还说鸡是她家的。张发水笑了笑，也不想跟人家吵，只是指着写在鸡笼提手上的几个字问她，大姐你是不是也叫发水，而且碰巧也是姓张？

张发水把自己的名字写得非常漂亮。除了鸡笼，家里的锄头啊，扁担啊，还有箩筐以及独轮车啊，他都会很慎重地署上自己的名字。

钱文标进屋，几句寒暄以后等到父亲离开便告诉张家喜，最近要每天关注汪伪的《浙江日报》。一旦中缝里出现绍兴人收购甲鱼壳的广告，就要去孝女路上的指定地点，设法将代号为"唐婉"的同志安全送至城外。首长有指示，他不能透露许锦年此次策反行动的具体细节，哪怕是对自己的弟弟。

张家喜放下手中正在批注的下学期国文课本，问，唐婉同志的具体身份，我现在能了解吗？

他姓许，言午许。其他的你暂时不用知道。钱文标说完，翻开带来的工具包，从里头的锤子、木塞以及那捆棕绳的底部掏出一把手枪递给张家喜，说，任务可能比较凶险，你要有心理准备。给你一把枪，等于增添一个人手。

爹怎么办？

你让他回去，学校里的职位给辞了。

其实你可以提前通知我。起码也应该问问我的意见。

钱文标掏出两排子弹摆在桌上，说，不是所有的事情都能提前。子弹推进弹匣，不用问枪管的意见。

此时张发水正把炒好的几个菜端上桌子，他听见两个儿子嘀嘀咕咕，也看见小儿子匆忙将手枪和子弹收起。张发水装作什么也没看见。他把目光移开，发现自己一手养大的几只公鸡和母鸡，正大摇大摆地踱进屋里，一只只朝他张望。张发水一下子很生气，张开双手一阵挥舞，勒令它们出去。

4

这天送走钱文标后，许锦年深深自责，内心里无穷后悔。钱文标对自己隐瞒儿子的消息，肯定有他的道理。那么自己刚才的咒骂，其实不是口不择言，而是血口喷人。这也让他再次发现，自从妻子牺牲以后，自己不仅易怒，有时候更是火山一样暴躁。而承受他这样暴躁的人，往往也只是钱文标。

许锦年之前也自我总结，觉得脾气火爆的源头，除了让自己饱受折磨的失眠，另外就是对长期潜伏的厌倦。潜伏所需要忍受的，已经远远超出他的想象。就此他不能跟任何人倾诉，一旦厌倦情绪露出苗头，只能在心里将它死死地按住，并且狠狠地踏上两脚，免得它生根发芽。

许锦年冲了一个澡，清洗换下来的汗衫和袜子。这时候他开始考虑，该如何去接近余一龙。他跟余一龙不是不熟，但是能够想起的记忆点，也就是余一龙妻子死的那年，他代表政保局密电科参加了葬礼。送去的一笔慰问金，是从密电科工作经费中开支的。其他无非就是公务上的接触。还有几次他在傍晚时分长跑，路上碰到过余一龙遛狗，车子停在远处。那时候两人相互打招呼，聊一些无关时局又不咸不淡的话题。

钱文标刚才倒是提供了一个方案，但是那个方案让许锦年把握不准，其中可资利用的条件，许锦年认为一定程度上可以称之为伎俩，他担心反而会起到负面作用。至于钱文标给他考虑好的撤退方案，说是在遇到险情时登报，寻求"拱宸桥三人小组"的策应和掩护，他觉得完全是多此一举。面对险境只能依靠自己，这是许锦年这么多年孤身作战的原则。倘若在倒下之前，拉上无辜的战友来垫背，他感觉那样的行为类同于自私，同时也是一种贪生怕死的懦弱。

再次想起钱文标，许锦年便觉得，这个男人是日渐消瘦了，因为那副眼镜戴在他脸上，已经显得有点宽大。那年他参加钱文标的婚礼，仪式很简朴。许锦年送去一篮枣，祝钱文标早生贵子。钱文标却看了妻子一眼，说，我们已经商量好，抗战胜利之前，暂时不要孩子。然而钱文标的妻子，现在还不知道是否活着……

在钱文标后来的记忆里，这天在大同路小学，父亲炒的每一盘菜都放了很多辣椒，辣得他直吐舌头。两盏烧酒下肚，父亲挥舞起老家带来的麦秆扇，将自己稀疏的头发扇成一丛草。父亲说，陶敏怎么没过来？你们结婚八年，我总共才见过她两次。一次是你们的婚礼，第二次是你娘的葬礼。

钱文标推了一把将要从鼻梁上滑落下来的眼镜，给父亲倒了一盏酒，说，陶敏去了上海，过段时间会回来看你。她说在永安百货给你买了一盒西洋参。

钱文标当然不会告诉父亲，事实上他那贤惠的儿媳妇陶敏，半年前去上海执行任务时，就在赫德路上被日本宪兵队抓捕，关进监狱后至今生死不明。而半年前跟陶敏一起过去上海购买盘尼西林的，正是现在坐他对面的弟弟，比他小了整整十岁的张家喜。此刻张家喜不吭声，把头埋下，胡乱往嘴里扒了一口米饭。他想起半年前的上海，赫德路上被踩成一团烂泥的雪，以及大雪飞舞时，被宪兵队当场堵截在出租车里的嫂子。

事情是发生在那天傍晚5点，赫德路上的斯坦旅馆。张家喜买好根据地急需的盘尼西林，回到旅馆进入嫂子房间时，突然听见有人敲门。他把门打开，看见的是送水过来的门房。门房给他递来一个红色热水瓶，分量特别轻。张家喜摇晃了一下，发现里面并没有一滴水，于是他听见嫂子陶敏简短而果决的声音：撤！

那天陶敏提着药箱从旅馆后门离开，她叫了一辆出租车。车子开出不到一百米，从另外一条路线撤离的张家喜就听见街上响起刺耳的警笛声，随后宪兵队的摩托和卡车就如浪头一般，朝那辆出租车席卷了过去。但是只有张家喜知道，嫂子带走的那个药箱是空的，所有的盘尼西林，其实都保管在他的手上。

将近下午1点，张家喜将钱文标送到拱宸桥头。路上兄弟两人一直没有说话，好像说话是一种负担。直到两人分手，最终张家喜也还是没有跟哥哥提起，他跟三人小组中的丁莉，原本定于双十节那天结婚，就连结婚的戒指都已经买好。

根据钱文标后来的推算，那天张家喜将他送到拱宸桥时，可能也就是许锦年给余一龙打去电话的时间。那天许锦年在电话里约余一龙见面，说，请余司令赏脸，一起去喜来乐茶楼喝个茶。可是后来发生的一切，却完全超出了钱文标的想象。以至于钱文标在后来的后来想起这些时，就觉得命运总是费尽心思，千方百计地折磨像他跟许锦年这样的男人。

5

在做出决定之前，余一龙在办公室里思前想后，考虑了将近有十分钟。的确，如果不是因为许锦年，他是不可能答应去喜来乐茶楼见面的。

茶楼位于新市场吴山路闹市区，鱼龙混杂，什么样的人都有。所以那天离开和平军营部之前，余一龙先是安顿好了过来看他的杭州青帮"悟"字辈师父杨松山，接着就换下军装，只穿了一件很普通的府绸衬衫。他认为只有那样，自己站在人群中才不至于显得太过招摇。

很多时候，余一龙希望杭州人将他遗忘。

但是杭州人怎么可能忘记，当初在各个城门一带晃来晃去的青帮水龙帮帮主余一龙，那个一天到晚打家劫舍赚取黑心钞票的街头混混，最终却成了守卫他们安全的和平军司令，一下子把控了所有的城门。然而余一龙也已不是以前的余一龙，因为时间能教会人很多东西。他这几年也十分清楚，既然自己坐在城防司令的位子上，那么头上那顶汉奸帽子，也就越来越沉了，说不定哪天就会压断了自己的脖子。

余一龙曾经掐指算过，自从杭州沦陷以来，八年里死于非命的政府及军警界头脑，哪怕自己有三双手脚，也还是数不过来的。不用说安清同盟会会长兼日军宪兵队侦缉科科长余祥祯，也不用说浙江警察局的情报组组长董秀林，以及警务处的主任邹燕孙。光说民国二十八年（1939），时任杭州市市长何瓒，哪怕是在积善坊巷8号的自家屋中，也还是被冒充聚丰园菜馆杂工的中统局人员连开两枪，当晚就在广济医院毙命。然后是去年2月，新上任的市长谭书奎好好地一个人坐在人力包车上，就在途经西湖饭店时，背后却连续飞来几颗子弹，最后血流满地，直挺挺地躺在了湖滨路的中央。据说那些血在地上冰冻成一片，直到开桃花的时候才融化光。

许锦年之前是特工总部杭州区的密电科科长。两年前，因为李士群被华中宪兵司令部的冈村少佐用一块牛肉饼毒死，其掌控的特工总部遂改组为现在的政保总局，许锦年也就由此成为新成立的杭州政保分局的密电科科长。但是无论是特工总部还是政保总局，余一龙都有所忌惮，这些人总是见官高一级。

刚才在电话里，许锦年说喜来乐茶楼上个星期刚刚开张，他们的蔡掌柜请来一个广州番禺的师傅，做的粤式点心很不错。余一龙说，总归就是喝茶，许科长还不如来我办公室，什么茶都有。许锦年于是在电话那头笑了，说，看来余司令不愿意赏脸，觉得我们的交情不够。那这事情我有责任，我更应该花点心思弥补。

吴山路上人来人往，车子在一排鲜红的灯笼前停住。余一龙走下车厢时，看见许锦年站在喜来乐二楼包房的窗口，给他送来赞许的微笑。此时蔡掌柜正在门口迎来送往，脸上像是贴着一朵花，仿佛他见到的所有人，都是他们家的亲戚。见到余一龙时，蔡掌柜嘴巴都来不及合拢，说，余司令您真是把我吓到了，杭州今天吹的是什么风，怎么把您也给吹来了？

余一龙把脸拉长，说，风能吹来的，只有苍蝇。你最好给我闭嘴，该忙什么就忙什么去。

蔡掌柜于是哦了一声，笑得越发谄媚。他掏出一盒香烟，摸索着就要给余一龙递去。余一龙抬手一挡，却看见对方眼珠子突然僵住，像是大白天里撞见了鬼。

枪声就是在此时响起，来自余一龙的身后。子弹不偏不倚，钻进他裤管，瞬间在阴丹士林细布上留下两个烧焦的洞眼。余一龙喊了一声"我干你娘"，即刻身子一跃，落到了门前的石狮子后面。他听见子弹汹涌,犹如雨点,撞击在石狮子身上,发出叮叮当当的声响。

余一龙拔枪,看见蔡掌柜趴在地上抖成一面破烂的筛子。蔡掌柜泪水纵横连哭带喊,余司令今天到底是什么日子,我怎么会这么倒霉? 余一龙射出一梭子弹,说,我干他娘,你给我看仔细了,今天是要死人的日子。

6

许锦年在心底里咒骂,又迅速将窗户合上。他已经看得十分清楚,带队过来刺杀余一龙的,竟然是军统局杭州站的锄奸队长沈静。这么多年,作为一名"三面特工",如果说钱文标是他在中共方面的上线,那么沈静则是军统局给他安排的联系人。许锦年觉得自己喝水都会塞牙,偏偏在钱文标让他去拉拢余一龙的节骨眼上,半路里冲出一个杀气腾腾的沈静。

楼下枪声呼啸,许锦年站在窗后祈祷,祈祷余一龙一定要长寿。他一直在侧耳倾听,直到开始觉得哪里有点不对劲。因为从枪声来分辨,好像已经有两拨人员在开火。他把窗户推开,仅仅推开一条缝,发现此时的余一龙已经被一帮弟兄围在中间,那些人不仅替他挡枪,还朝沈静他们送去一排密集的子弹。勇猛的弟兄并非来自和平军,而是余一龙的那些青帮徒弟。许锦年也是在这时候才想起,其实早在他到达喜来乐之前,青帮弟子就已在一楼大堂喝茶吃瓜子。余一龙是有备而来,早给自己留了一手。

许锦年即刻把窗户关上，免得让沈静看见他的身影，不然他以后又要跟这家伙解释自己出现在茶楼的原因。枪声犹如噼里啪啦的爆竹，许锦年盯着桌上那排粤式点心，感觉这个下午无比生猛，犹如一场悬念迭起的说书。此时在楼下拼命的，一边是他军统局的上线，一边是他想要拉拢的和平军汉奸。他不能替任何一方出手，又不能视而不见。枪战已经足足持续五分钟，他虽然相信余一龙的实力，但也担心子弹并不长眼，倘若沈静扔出一颗手雷，将余一龙炸上天，那他就只能给钱文标交出一张白卷。

想到这里，许锦年就扯过桌上的茶单，在单子反面迅速写下一行字，想让店小二给余一龙送去。他劝余一龙不要恋战，走为上策。但也就是在这时，吴山路上终于传来一阵警笛声。许锦年见到风驰电掣的警车，警车后面又是宪兵队的卡车。此时枪声停住，沈静一伙也慌不择路，朝不同的方向散开。许锦年看着这一幕，感觉沈静他们像是泼在地上的水，顷刻间被晒干，仿佛根本就没有来过。

7

宪兵队长武田英夫是在五分钟以后赶到的。武田英夫嘴里嚼着一片薄荷，薄荷能在夏日里为他起到疏风散热的功效。

武田个子瘦小，因为下巴突出，面部就显得有点塌陷，所以从侧面看去，他那张脸容易让人想起一轮弯月。跟随武田一起过来的，还有杭州政保局副局长江阿球。江阿球一方面是许锦年上司，另一方面也在杭州青帮"学"字辈里排行老二，位子仅次于余一龙。

武田英夫踩踏着满地的子弹壳，他藏在圆框眼镜后面的一双眼睛比较细小，眼睛下面是肥沃的眼袋。此时他目光歪斜，望向前方那片破碎的地板，感觉江南的夏天总是会让人感觉燥热。气温虽然很高，武田却脚蹬一双高筒皮靴，皮靴踩在地上咯吱咯吱响，一路上较为完整地体现出了他的威严。

此时蔡掌柜已经把泪水擦干，他站在武田面前愁眉苦脸，像是有人提醒他该去喝一碗中药。蔡掌柜声音哽咽，说，武田队长，早就说好的和平共荣，可是杭州为何还有这么多的"十三点"，喜欢在大白天里玩枪？

武田感觉蔡掌柜的哭诉意味深长，但他只是喷了喷鼻子，样子很像一匹严肃的马。接下去他有很长一段时间不吭声，只是盯着眼前那座石狮子。刚才有许多子弹射向石狮子，在它脸上留下来的伤痕，像是刚刚冒出来的一堆麻子。武田想到这里时突然就温情地笑了。他抚摸着石狮子茁壮又坚硬的大腿，嘴里说不错，虽然屡屡中弹，却依旧如此威武。

余一龙和他的手下已经撤了，大堂里只剩下面如土色的茶客，围在一起交头接耳，声音像夜里的一群蟋蟀。武田和江阿球抬腿踩进，看见他们争先恐后地退却，仿佛一场洪水正在退潮。

两人推开二楼那间包房，见到许锦年正在打包那些粤式点心。武田于是又笑了，随手抓过一只样子惹人喜爱的麻球，摆在眼前又不忍心把它扔进嘴里。他后来终于咬了一口，就在满嘴芳香的时候说，许科长，请坐。

这时候江阿球就很及时地发现了桌上的那页茶单，他只是稍微瞄了一眼，就把整个句子给读出：退一步海阔天空，请余司令三思，杭州城可能将变天。江阿球的目光盯着"变天"两个字，说，许科长，变天是什么意思，难道是说杭州要下雨？许锦年笑了，说，江局长很幽默，不过我只是让余司令悠着点，别逼得军统局那帮人狗急跳墙，他们什么事都做得出来。

两年前，当江阿球还是政保局内政科科长时，许锦年曾经跟他竞争过副局长的位子，那时候两人在牌面上各有千秋。但是有一次，武田英夫提醒政保局局长万里浪，说，我不喜欢你们那个许科长，他身上有一股说谎的气息。武田将一年四季都不离手的白手套盖住鼻子说，那种气息让我想起腐烂的玫瑰，以及不忠的恋人。江阿球听见这句话，如同听见一阵贯穿心灵的梵音。他从此一心一意跟牢武田，天天陪他去运河边的租界，到日本澡堂里泡澡。每次他接过武田脱下来的衣裳，看见他干瘦赤裸的身子，就觉得两人之间已经是赤诚相见。

现在武田脱下手套，抓在手上不停地摇摆。武田说，我想说的倒不是这个。我只是奇怪，许科长没有在纸条上署名，但凭这纸条里的口气，好像余司令又知道你在这里，莫非你们两人是有约在先？

许锦年心中"咯噔"了一下，感觉遇见了一条嗅觉灵敏的狗。武田这逻辑推理，方向完全是对的。那么他约余一龙过来见面一事，也无须再隐瞒，因为武田一转身就可以去向余一龙打听。

许锦年说，没错，是我约余司令过来喝茶。

难道只是为了喝茶？江阿球眼中发光，感觉是踩住了许锦年的尾巴。

江局长好像是话里有话。许锦年说，不妨把想说的全部给说完。

江阿球对许锦年已经忍了很久，也对他有一连串的怀疑。他不会忘记三年前的那个案子，那次重庆军统局有个名叫顾小芸的女人，伙同一个名叫唐耳朵的同事，曾经对许锦年实施了一场刺杀。那事情表面上看来是一场锄奸，但蹊跷的是，刺杀行动好像是故意留了一手，以至于没有当场置许锦年于死地。江阿球知道武田队长一直对这桩案子耿耿于怀，认为许锦年在其中有猫腻。那么现在他要在武田队长面前提出一个疑问，刚才许锦年约余一龙见面，然后平地里杀出一个沈静，此举会不会是许锦年为余一龙埋下的陷阱，目的是让沈静过来刺杀。

江阿球就此理了理头绪，眯着一双眼正要开口时，却听见武田咳嗽了一声。武田说，许科长，有件事情说起来很奇怪，你说我怎么每次见到你，都会想起一个人。其实你也知道我想说的人是谁，那是我在日本陆军士官学校的同学，曾经任职于宪兵司令部上海特高课的小野四喜。

武田说到这里，清了清嗓子。他的一双眼开始显得迷离，好像是要将浮现出来的记忆凝望得更加清晰。武田说，还是让我们共同展开那段久远的往事吧。就在三年前，有两个女人让我记忆深刻。一个是叫顾小芸，曾经跟你假扮夫妻一同来杭州，替军统局卖命。另外一个是叫唐耳朵，那个女人据说非常爱你，但因为你叛变了军统局，她于是由爱生恨，产生了杀掉你的念头。如果没有记错，那是 1942 年的 6 月 9 日，下午 2 点 50 分左右，她们在广济医院的一楼休息室，对你实施了刺杀。那次你身中两刀，所幸又被及时送去医院抢救室，因此才保住了一条命。然而我想说的是，也就是在 6 月 9 日同一天，我的同学小野君失踪了，至今没有消息。

武田摘下眼镜，好像是要在回忆中稍事休息。他眨了眨细小的眼睛说，想起了小野君，我不免有很多的伤感。你知道他是我最铁杆的同学，我现在依旧会常常想起他，想起我们青春年少时，如富士山脚下温泉一样纯真的友谊。我记得在士官学校毕业典礼的那天，我曾经跟小野君在校园操场的围墙下，各自种了一株幼小的广玉兰。也就是那天，我们在给广玉兰树苗培土浇水时，小野君跟我说，武田君我们一定要抓紧去中国，等到哪天我们载誉归来，这两棵广玉兰必定将是芬芳扑鼻。

武田像是背诵一首挚爱的长诗，等他说完这些，眼眶已经开始潮湿。他从兜里再次掏出一片薄荷，无限忧伤地塞进嘴里说，许科长，现在我可以告诉你，其实早在唐耳朵准备刺杀你之前，小野四喜就已经对你展开了调查，因为他有一种直觉，认为你加入特工总部是一场阴谋。武田嚼了几口薄荷后继续说，这些幕后的原委，我后来是在小野君留下的日记本里发现的。你知道很多时候日记本虽然没有嘴巴，但它照样是可以开口说话的。在那个日记本里，小野君提到，他有天凑巧碰到了唐耳朵，于是就以一个军统局杭州站退职外勤的身份，非常巧妙地获取了她的信任。接着小野君又策划安排了一个可以让唐耳朵无限接近你的机会，试图观察她是否真的会对你开枪。可惜的是，武田最后叹了一口气说，小野君那天没能走到最后，他很奇怪地失踪了。而他辛苦记载下来的日记，也永远停留在了那一年6月8日的深夜10点20分。"

许锦年安静地听完这一切，最终在椅子上挪了挪身子。事实上，武田漫长的叙述，跟他所了解的刺杀事件的前因后果完全吻合。那一年，也正是因为掌握到小野四喜取了一个中国名字，并且冒充军统局退职外勤的真实内幕，顾小芸才不得不顺着这家伙的阴险思路，对自己的丈夫实施了一场有所保留的"刺杀"，以证明他的确是军统局的"叛徒"。结果却因为一场意外，顾小芸没能成功离开现场，牺牲在了特工总部的枪口下，身上一连中了十六颗子弹。

其实我心里很清楚，失踪的小野君早就已经不在人间。而杀死他的凶手，必定就是顾小芸和唐耳朵。武田凑到许锦年跟前说，所以我现在就想问你一句，你们究竟把小野君的尸首埋去了哪里？

多好的一个"你们"，就在长篇大论的最后，隐藏了一个十分完美的坑。许锦年想到这里，便挤了挤眉头。他迎向武田的目光，说，武田队长，如果小野四喜先生真的如你所料，已经遭遇了不测，那么请允许我对他的亡灵致哀。另外，如果你怀疑我身份，觉得我是顾小芸和唐耳朵的同党，也就是军统局布置在特工总部的内线，那么我现在就可以跟你去宪兵队走一趟，接受你的审讯。因为配合案件的调查，是我的义务。

武田靠回到椅背上，开始抚摸起自己的鼻子，速度极其缓慢。此刻他的直觉告诉他，许锦年的确是一名优秀的特工，有着非同寻常的心理承受能力。武田说，许科长，我看人很准的。你有些地方，确实值得我敬佩。但这并不代表我相信你，相信你刚才的一通胡扯。

这时候江阿球却怎么也忍不住了，说，我有个疑问，那次顾小芸的刀子为何不直接割向许科长的脖子，却只是在你的腹部捅了两刀？这好像不合常理。

江阿球的话让许锦年再次想起妻子。那年顾小芸的刀子扎过来，他顺势倒下，倒在她肩膀上，闻见她身上熟悉的气息。可是他无论如何也没有想到，那竟然是跟妻子的最后一面，此后便是天人永隔。

该让自己平静下来，许锦年想，此刻必须远离这些忧伤的情绪。他盯向墙上那幅《富春山居图》的临摹图，心想，这样一幅赝品，为何也能做到如此惟妙惟肖？想到这里他开心地笑了，觉得短暂放飞的思绪已经足以让自己做到淡定，所以他开口，说，江局长是不是早就盼望着我死？你刚才那番话，听着让我心凉。至于那个顾小芸为何不直接割断我脖子，我想你应该写封信烧给她，直接问她才对。说完许锦年站起，拍去身上的粤式点心碎屑，拎起打包好的食盒，说，对不住了两位，在下先失陪了。

武田见许锦年把门推开，头也不回地离去，好像一阵来去自由的风。他后来站到窗口，看见走到吴山路上的许锦年一步步迈向自己的车子。许锦年提着食盒上车。车子倒退几步，接着就开始前行，继而又加速，直到扬起一片灰尘，最终在他眼里走远。

一股热浪扑面而来。武田没有转头，却想起四天前的广岛，以及两天前的长崎，据说当美国人扔下的原子弹爆炸时，空中即刻升起一团可怕的蘑菇云，随后整个城市就化成一片生灵涂炭的焦土。武田背对着江阿球，说，江局长，相信我，你不是他的对手。

8

这天下午3点，程珊站在玛瑙寺庭院的最高处。她双手沾满了血，整个人惊魂未定。程珊的眼里能够看见一大片的西湖，此刻她感觉从湖面吹过来的风正将她四面八方包裹，她认为只有这样，才可以让自己平静下来。

八年前，自从臭名昭著的日本久留米师团兵分三路攻进杭州城，玛瑙寺就被开辟为一家难民救助站。就在刚才，救助站里一名产妇发生血崩，把临时叫来的接生婆惊吓得六神无主。程珊听见叫喊声，不由自主冲了进去。她看见血像自来水，在产妇身下扩散成一片汪洋。程珊感觉晕眩，似乎同样就要休克。她也是到了此时才意识到，自己以前虽然在广济医院当了一年多的实习护士，但对于危急时分的产科救助，她的从医经验几乎等于零。

血不停流淌，在程珊眼里触目惊心。她勉强让自己站定，凭着对书本知识仅有的一点记忆，手忙脚乱地开始寻找出血点。她不停叩问自己，怎样实施血管结扎？如果实在无法止血，又将怎样切除子宫？所有的东西都在摇晃，程珊觉得全身的力气被一点一点抽走……

后来可能是因为她身上那件白大褂，让产妇增添了活下去的信心，出血创面竟然开始收缩，恍如突然收住的雨脚，血竟然奇迹一般地止住了。程珊最后大汗淋漓地走出产房时，看见阳光一个劲地晃荡，仿佛觉得，刚才被救过来的人，其实是她自己。

程珊来到仆夫泉前，清洗手上的鲜血。仆夫泉流水潺潺，让她看见自己一张憔悴的脸。这时候她想，那个名叫许锦年的男人，不知道今天会不会过来。

男孩许路远就是在这时冲进庙门的。他像一头奔跑的麋鹿，穿梭在寺院阡陌纵横的小径上，等他最终在那棵千年古樟前刹住脚步，等候在那里的玛瑙寺住持看了一下捏在手中的怀表，闭目沉思一阵后说：不错，比上个星期快了四分十七秒。

程珊看见许路远满头大汗，有一只膝盖正在流血，显然是在刚才的那场长跑中，他在哪里摔了一跤。程珊想，要是许锦年现在过来，看见失踪三年的儿子"小皮鞋"受伤，他心里会怎么想？

程珊的记忆回到三年前。那时候她在广济医院当实习护士，她的指导老师名叫顾小芸。跟玛瑙寺一样，广济医院那时也是一家难民救助站，里头有一帮孤儿，其中有个六岁的男孩名叫"小皮鞋"。程珊后来才知道，"小皮鞋"原来是顾小芸的亲生儿子。可是等她知道这个消息时，顾小芸已经牺牲。事情发生在1942年的6月9日，那是一个梅雨天，暴雨如注。那天汪伪特工总部杭州区要来医院举行一场难民慰问仪式，结果就在仪式开始前，顾小芸带人刺杀了前来参加仪式的特工总部杭州区密电科科长许锦年。程珊后来是在报纸新闻里得知，牺牲在刺杀现场的小芸姐，原来是由重庆军统局派来杭州的特工，因为其身份特殊，她才将儿子塞进了医院的孤儿群中。

程珊将"小皮鞋"带回自己家中抚养，其间问了他无数次，孩子就是不说自己的父亲是谁。后来到了第二年9月，她要送孩子去附近的太庙巷小学入学，等到要登记学生名字时，"小皮鞋"才把她拉到一旁，说，我姓许，言午许，我叫许路远。

程珊看着孩子那张脸，听见他又说，姨娘你不要生气，我爸爸就是许锦年。但是这些事情，妈妈以前不让我跟别人讲。

9

许锦年的车子离开吴山路，行驶在北山街上。前面只需再走一程，右拐就是葛岭路上的玛瑙寺。事实上他之前有过犹豫，犹豫是否要去见一眼分别了三年的儿子。但是当看见摆在副驾驶位上的食盒，想起里头的那些点心时，他便不由自主，内心除了迫切，竟然还有点紧张。他想象不出儿子现在有多高，也不知道儿子是否还认得自己。

两天前的夜里，许锦年是在夜跑归来，回去孝女路公寓房的路上，感觉被人跟踪的。他没有加速，慢条斯理地左拐，随即身子靠向了墙壁。尾随他的是一个女人，那时候她脸都吓白了，一双手按住胸口，看见路灯下的男人正对她举着一把枪。

女人后来盯着枪管，试着说，你是不是许先生？我姓程，我叫程珊。我以前在广济医院当护士。许锦年什么也没说，只是看着程珊掏出一张照片，说，小芸姐以前是我的指导老师，许先生你就告诉我，照片里这个男孩，你是否认识？

许锦年看见相片中的儿子，感觉眼里走过一段凄惶的岁月，但他很快又把相片还给程珊，说，你认错人了，我不知道谁是你的小芸姐，更加不认得这个孩子。程珊于是把照片收起，盯着许锦年说，孩子名叫"小皮鞋"，也叫许路远。如果你想见他，可以去玛瑙寺，两天后的星期五，我在那里当护工。

那天许锦年站在原地，看见程珊离去的身影在路灯下不断拉长，即刻就要拐弯，穿行在路灯电杆中的电流，在深夜时分发出着嘤嘤嗡嗡的声响，于是他终于说出一声：程小姐，请你等一下。

那年顾小芸牺牲后没多久，广济医院就被日本人征用，专为浙赣战役中的日本伤兵服务。所以那次身中两刀的许锦年伤愈后回到医院，眼前已经物是人非，所有的医生和孤儿都被遣散，他也没能再见到自己的儿子。对儿子漫长的寻找，也就从那时候开始。但他又怎么能想到，一直以来带着他儿子的，竟然是眼前的程珊。

10

1945 年 8 月 10 日下午 4 点，玛瑙寺蝉声喧闹，程珊看见许锦年提着一个食盒，非常寂静地出现在自己的眼里。程珊几乎喜极而泣，差点就掉出了泪水。她认为跟两天前路灯下的那个男人相比，此时的许锦年目光彷徨，整个人竟然显得有点木讷。所以她感觉眼前的男人是从十分遥远的地方赶来，脚下似乎跨越了千山万水。

程珊随即奔跑得气喘吁吁，牵着"小皮鞋"冲到许锦年面前。

她看见许锦年站在树下，在那片细碎的阳光中不知所措。许锦年上下左右盯着自己的儿子，很长时间都没有发出一丁点声音。他看见儿子长高了许多，只是依旧有点瘦。儿子的脚上穿了一双陈旧的跑鞋，鞋子裂开一道口子，露出几根褴褛的线头。这时候他突然想起什么，急忙从兜里掏出一盒十二种颜色的蜡笔，递给儿子说，送给你。

许路远目光低垂，看着自己正在渗血的膝盖，好像要把流血的伤口藏起。他想起那年母亲牺牲前，曾经给过他一盒六种颜色的蜡笔，母亲说，那是父亲送给他的礼物。现在他犹豫了一阵，并没有伸手去接过蜡笔，只是说，妈妈以前告诉过我，不管什么时候见到你，都不能叫你爸爸。

程珊顷刻之间泪如泉涌。

玛瑙寺依山傍水，古树参天。程珊来这里当护工，是从上个月开始的，每个星期的星期二和星期五，每次她都会带上许路远。许路远从去年开始喜欢上跑步。每次来玛瑙寺，他一个人从葛岭路出发，沿着北山街，一路奔跑去西湖的断桥和白堤，然后穿过陈英士铜像和西泠桥，最终又跑回到葛岭路上。

那天许锦年在院内的亭子里坐下，就坐在程珊对面。他看见儿子提着他带来的食盒，将里头的点心分匀，一点一点分给救助站里的那些孤儿。夕阳来到寺庙，许锦年给了程珊一笔钞票，程珊却推了回去，告诉他，最近这两年，每隔一段时间都会有陌生人给她汇钱，署名叫严五。许锦年于是知道，所谓的严五，就是自己言午许的言午，那么这个汇钱的人只能是钱文标。他抬头，看见温热的风从西湖方向吹来，却想起就在这天上午，自己还将钱文标骂了个狗血淋头，骂他卑鄙，骂他没有人性。

许锦年望着程珊的背后，说，我这半辈子亏欠了很多人，对不起妻子，对不起儿子……

11

许锦年一个人离开玛瑙寺，感觉被暮色包围。他不忍心跟儿子道别，更不能将他带走。车子行驶在北山街，他眼里一再出现儿子的那双眼睛，清澈，寒凉。

晚霞黯淡，西湖边路灯一盏一盏亮起。许锦年看着那些灯光，光晕昏黄，心中升起一股悲凉。然而此刻他又不得不去考虑，下午喜来乐茶楼的枪战，其实已经将他推向墙角。他所担心的，就是武田英夫和江阿球所怀疑的，那就是他约余一龙喝茶，其实是在给这人下套，目的是配合军统局沈静他们的刺杀。他相信这样的念头，此时也已经在余一龙的脑子里扎根。

该死的沈静，不早不晚，偏偏就选择在了今天杀人。想到这里，许锦年不禁在车里点了一根香烟。他想，快让这一切结束吧，整整三年的"三面特工"潜伏生涯，他一天到晚照顾这边算计那边，的确是累了。他真想找个地方躺下，只需要一铺床，远离人群也远离任务的床。也或者，干脆让他换上一双球鞋，来一场没有终点的长跑，直到整个人耗尽元气精疲力竭，仿佛被一双无形的手掏空。想到这里他又忍不住惊讶，为何自己所钟爱的跑步，就连这样一种癖好，如今也会在儿子身上开始萌芽？许锦年吐出一股烟，笑了，心里说，儿子，快了，日本人就快要投降了。这时候他却看见前方北山街的中间，正横着一个铁丝架，铁丝架旁，站着一群警察跟宪兵。

车子停下，两名警察走来。许锦年知道他们是杭州警察局西湖分局的，以前一起喝过茶，还去萧山瓜沥钓过一次鱼。那个鱼塘养了很多汪刺鱼，长得很肥，咬钩咬得特别紧。而现在过来抬手敲车窗的侦缉队长，老家是在东北，大家都叫他"哈尔滨"。

"哈尔滨"敬礼，探头看一眼车厢，这才把街边刚刚买来的冰镇莲子汤一滴不漏倒进嘴里。"哈尔滨"说，对不住了大哥，麻烦你掉头拐个弯。

出什么事了？许锦年盯着那些警察，感觉眼前的封路可能是为了一场搜捕。他想起下午在刺杀现场的沈静，有点担心这家伙腿短，落荒而逃后又被武田的宪兵给堵住。

"哈尔滨"说，反正是抓人，有扰大哥了，改天我请你喝酒，汪刺鱼炖豆腐，加上你们浙江的韭菜和紫苏。

许锦年倒车，说，喝酒可以，不过最好等那些人卷铺盖回家，回去他们的大日本。"哈尔滨"于是退出两步笑了，说，大哥还是跟以前一样幽默，不过日本人是快要断气了，就是不知道蒋委员长以后还收不收我。

12

晚上 8 点，余一龙在家，躺在那把油光发亮的躺椅上。此刻他已经从下午的那场刺杀中缓过神来，心想，要让自己活得长久，家是最好的港湾。现在青帮几个"万"字辈的徒弟正在他家打麻将，把麻将牌洗得稀里哗啦。他起身走向堂前的香案，站在一年四季供奉的青帮"三老"牌位前，给香炉里添了三炷香。他在心里说，四季平安！

青帮最早起源于杭州，原是运河上的漕运帮。雍正年间，因为朝廷要兴办水路粮运，所以有杭州的三位异性兄弟揭下皇榜，在运河沿线建起七十二个半码头，又设立一百二十八帮半。而当年揭榜的三兄弟单岩、钱坚、潘清，也就是如今青帮的"三老"祖师爷，分别来自江苏常熟、山东聊城，以及杭州武林门外的哑巴桥。

烟雾缭绕，余一龙打了一个哈欠，便听见电话铃声响起。他抓起话筒，听见里头的声音是那样的熟悉，熟悉到令他呕吐。电话里，许锦年开口第一句便是：余司令对不住了，许某人向您请罪。

余一龙扭了扭脖子，说，许科长怎么了，难道还想顺着电话线向我开枪？要不这样，我干脆把自己装进棺材里，这就让人给你送去。

装进棺材的人应该是我，许锦年说。余司令要是愿意听人解释，我十五分钟后就到您府上。

余一龙笑了。他望向外头的月光，月光正照耀他家的门槛。他说，别怪我没提醒你，你要是胆敢踩进那道门槛，下一站可能就是阴间。

说完余一龙搁下电话，感觉眼里的那片月光，怎么就变成了一片阴恻恻的幽蓝？很久之后他把目光收回，看见这天晚上始终在忙碌的儿子，此时正兴冲冲钻到麻将桌底下，十分惊喜地抓起地上一颗麻将牌。

余一龙的儿子名叫余幼龙。余幼龙钻出桌底后努力站直身子，然后叉开双腿迈开脚步，使劲迈向自己的父亲。等走到父亲跟前，他狠狠地咬了一口手里的奶油冰棍，这才亮出麻将牌，十分骄傲地说，阿爹，五条。

余一龙忍不住笑了，表扬儿子比昨天聪明，说，这回终于被你数对了，不过这个不是五条，这个是五筒。筒是圆的，条是瘦的。余一龙的一番话很快让儿子恍然大悟。儿子提了提裤子，露出圆润的肚皮，因为裤腰比较宽大，他担心裤子马上就要松下去。然后余幼龙挺着肚皮，嘴里流出一截白花花的奶油，说，阿爹我想起来了，咱们家梅姨的屁股也是圆的，那么梅姨是几筒？

梅姨是余幼龙的保姆，现在她急忙赶了过来，提起挂在余幼龙胸前的那块毛茸茸的口水巾，替他来回擦了一下嘴。梅姨说，幼龙听话，冰棍真的不能再吃了，再吃就要拉肚子了。

余幼龙坚定地喊了一声"不"，说，冰棍好吃，要吃五十根，一百根。

余一龙看了一下表，又看了一下打麻将的徒弟，心想，许锦年可能就要到他家门口了。此时他听见梅姨哄着儿子说，阿姨带你去洗脸洗脚，喷上花露水上床睡觉。可是儿子却很不服气，问她，为什么只有我一个人睡觉？儿子说，阿爹你不要看表，让梅姨给你洗脸洗脚，喷上花露水一起上床睡觉。

余一龙说，梅姨你先带他上楼，我这边有事，你别让他乱跑。

13

许锦年这天出现在法院路长康里1号时，手上提着一个布袋。他站在门口，看见大门敞开，宽阔的院子里头灯火璀璨，亮如白昼。此时余一龙家的电唱机，正传出盖叫天《武松打虎》的唱段，高昂的声音响彻云霄。许锦年站在那道门槛前，感觉照耀在头顶门框上的两盏灯灯光十分刺眼，招引来夏天很多细小的飞虫。飞虫四处飞舞，其中有几只钻进了他眼里。许锦年没有急着抬腿，而是眨了眨眼，朝里头喊了一声，余司令，我有没有迟到？

枪声就在这时候响起，子弹射向许锦年头顶，命中其中一只灯泡。灯泡愤怒地炸开，碎片纷纷扬扬飞向许锦年的身子。等到许锦年睁开眼睛，看见眼前的世界有一半是鲜红色的，而且看上去很黏稠。于是他抬手抹了一下额头，果真感觉到了手掌上的血。此时许锦年声音很响，又叫喊了一声，余司令，我可不可以进来了？但他又听见一声枪响，子弹瞬间又将另外一只灯泡射碎。

余一龙见到站在面前的许锦年时，发现他一只手按着额头上流血的伤口，另外一只手将提来的布袋放到桌上。许锦年笑着说，余司令宝刀未老，枪法真是不错，可惜你明天要去换两只灯泡。然后许锦年就走去青帮"三老"牌位前，站定以后躬身开口道，各位前辈，多有打扰。

余一龙没有想到，许锦年如此执着地登门，竟然是为了给他送信，一封来自他岳父的亲笔信，信里还夹了一张老头子的照片。照片中的岳父右腿打着石膏，身边靠了一副拐杖。老头子笑眯眯地面对镜头，好像有许多话要跟自己的女婿讲。余一龙想，自己失踪了半个多月的岳父，怎么会在他许锦年手上？此时他听见许锦年说，人要是倒霉起来，喝凉水也会塞牙缝。下午的事情完全是一场意外，余司令要是愿意翻过那一页，我们可以坐下来好好聊聊。

余一龙早年失去父母，是岳父把他拉扯带大，他后来也成了这家人的女婿。可是那年余一龙妻子突然病故，岳父唉声叹气待在长康里，每天都见到独生女儿的影子飘来飘去，于是他就一个人回去临安，跟老家那些山核桃树待在了一起。

半个多月前，有人见到老人上山去给核桃树修剪枝丫。结果时间过了两天，老人家里养的两头猪拱断了猪栏跑出来，在村里到处找吃的，邻居们才发现，老人竟然失踪了。余一龙闻讯，回去临安带人上山搜寻，又把整个临安城找遍，结果岳父却像是人间蒸发，打听不到一丁点消息。

现在余一龙看着岳父那封信，看他写得龙飞凤舞，知道他是在修剪树枝时一脚踩空摔下山崖，结果昏迷过去一个通宵，直到第二天早上才被人救起送去了诊所。但令余一龙疑惑的是，岳父说自己现在是在诸暨。余一龙看着照片中那片空旷的山野场地，晾晒在架子上的一长串绷带，以及岳父脚上很专业的石膏打理，就有理由相信，那应该是共产党新四军在诸暨根据地的后方医院。

余一龙说，从临安到诸暨一百多公里，许科长这一招，分明就是绑架。

我们对老人家的抢救，首先是在临安，等到第二天伤情稳定后才去了条件更好的诸暨。

那是因为你们知道了他是我岳父，所以才去了诸暨。

这些其实并不重要。重要的是，你岳父那条腿保下了。他过几天就能康复，我也会送他来杭州跟你团聚。

许科长是共产党。你就明讲吧，需要我付出多大的代价？

救死扶伤，无须任何代价，再说这一切都是碰巧，我过来也就是给余司令报个平安。当然余司令要是愿意，咱们以后可以交更好的朋友，你也知道，杭州接下去可能会是另外一个杭州。

下作！终于把牙齿给露出来了。可惜我这么多年最害怕的一件事情，就是跟人交朋友。

许锦年抿嘴笑笑，说，我认为我们原本就是朋友。说完他解开带来的那只布袋的绑绳，露出里面一堆诸暨炒香榧，说，香榧是你岳父让我们带来的，他说余幼龙肯定喜欢，老人家很想念外孙。

许锦年又说，不出一个星期，幼龙就能见到他外公。这些事情，我下午给你打电话时，都不方便在电话里面讲，所以才约你去喜来乐茶楼喝茶。

14

宪兵队长武田英夫坐在轿车车厢里，看见北山街上月光皎洁。月光透过车厢前挡风玻璃，流水一样洒落在他身上，很有一种诗意的感觉。

武田是在这天将要晚餐时，在宪兵队办公室接到一个女人的电话的，那时候他正在办公室里给一盆薄荷浇水。女人讲的是日语，告诉他，目标已经一起出现，总共两男一女，应该是在举行一次秘密会议。武田没有回答一个字，很快就将话筒搁下，接着提起另外一部电话，只是简短地说了几个字：大同路小学。

武田亲自参加了这场抓捕，为的是提振宪兵队的士气，自从广岛和长崎被炸，宪兵队就跟一潭死水般阴郁。武田认为美国人轰炸所带来的恐惧和沮丧，是一剂烈性毒药，杀人于无形。

他感觉到处弥漫的沉沦状态非常糟糕，需要自己给手下及时打下一针强心剂。

然而武田没有想到，这场大张旗鼓的抓捕，自己竟然出师不利，败在了一群母鸡的脚下。就在队伍扑向大同路小学时，门口几只觅食的母鸡就跟见了鬼似的，一只只飞跃上围墙，慌乱成一片。果然等他赶到那个名叫张家喜的国文教师的宿舍时，看见的只是桌上的一堆茶叶蛋，其中一枚已经剥开，露出质地粉嫩的蛋黄。蛋黄余温尚存，还在冒着一股热气。武田于是说了一个字：追！

现在武田守候在北山街边的一个岔路口，远处是封挡的铁丝架。经过几个小时的一路追踪，加上警察局在沿途的协同查办，包围圈已经渐渐缩小。武田刚才查过了东南方向的一条弄堂，现在就要搜索北边那一块区域。此时他走下车厢，跟杭州警察局西湖分局的刑侦队长"哈尔滨"非常热情地打了个招呼，说，哈队长我有没有跟你提过，我以前曾经去过你们哈尔滨的索菲亚教堂。"哈尔滨"笑得很爽快，他提着一把麦秆扇，在给武田扇风的时候说，武田先生见多识广，整个中国可能都留下了你的脚印。

武田喜欢这样的聊天方式，可以让他心情愉悦。但他现在有点好奇，想不明白一个堂堂的警察局刑侦队长，怎么会在行动时间里，提了一把样子粗俗而且看上去比较油腻的麦秆扇。他跟"哈尔滨"要来那把扇子，抓在手里仔细看了一眼，看见缝在扇心处的那块白布上，竟然还用彩色丝线绣了一只样子伟岸的公鸡。公鸡两条腿直起，似乎就要昂首打鸣，而旁边一行绕来绕去的字，则美其名曰"金鸡报晓"。武田被这样的乡土味吸引，认为它真是别具一格。他问，麦秆扇是哈队长自己带来的？然而"哈尔滨"却笑了，告诉他，扇子是刚才在弄堂口捡的，只是拿在手上随便打发时间而已。

　　武田笑眯眯地哦了一声，在把麦秆扇还回去的时候，又发现竹片削成的扇柄背面，居然还题写了另外几个字。他在月光下将那几个字默念了一番，突然就会心地笑了，抬头说，哈队长，扇子哪里捡的，你这就带我过去。

　　此时正要赶去北边搜索的宪兵停了下来，转头跟在了武田身后。路上武田拔枪，他跟"哈尔滨"说，金鸡有时候可能不是报晓，而是报丧。"哈尔滨"一下子没怎么听懂，只是觉得眼前这条弄堂，路灯显得比刚才昏暗，看上去多少有点无精打采。他说，武田队长，不瞒您说，要是没有这次行动，我本来今天晚上要去看电影的。票都已经买好了，是李香兰的《万世流芳》。"哈尔滨"又说，您听过李香兰唱的那首《夜来香》吗？就是"夜来香，我为你歌唱，夜来香，我为你思量"。

　　武田漫不经心地打开手枪保险，声音听上去趾高气扬，说，忘了告诉你，李香兰其实是我老乡，她老家在日本佐贺，她以前的名字叫山口淑子。武田还说，哈队长今天没去看电影是对的，改天我会给你包场。但是武田没有跟"哈尔滨"讲，自己刚才在扇柄上见到的那几个字，写得很好，从上到下，分别是弓长张的张，发财的发，以及涨大水的水。武田记得傍晚打来电话的女人曾经告诉过他，张家喜的父亲名叫张发水，在大同路小学当门卫。老人六十多岁，不怎么爱讲话，平常养了一群老家带来的鸡。

15

许锦年正在回孝女路公寓的路上。刚才跟余一龙的一番见面，可谓不欢而散，谈话谈到最后，他觉得没有继续留在那里的必要。事实上钱文标上午给他余一龙岳父写的那封亲笔信时，他就觉得根据地的做法有点冒进，接近于对余一龙的要挟。虽然老人家的确是从核桃树上摔下不省人事，也碰巧被路过那里的金萧支队交通员发现。就此许锦年想起过军统局的一件往事，当初为了拉拢汪精卫身边的周佛海，军统局就派人去了一趟湖南沅陵，接走周佛海的母亲马翠珍，将她软禁在了贵州。

想起余一龙，许锦年觉得这男人也不容易。自从妻子病故以后，余一龙身边一直没有女人，他独自带着那个傻兮兮的儿子。就在刚才离开前，许锦年看见余幼龙从楼上奔下，像是一头牛。余幼龙焦急忙慌如临大敌，哭喊了一声爹，说自己肚子很痛想要拉稀，但是裤带扎得太紧他又没办法解开。余一龙就急忙把儿子推去洗手间，又反手把门关上，于是许锦年很快就听见一阵稀里哗啦的声音。那时候梅姨从楼上跟下，手上抓着一卷草纸。

梅姨见到许锦年时笑得有点尴尬，说，都是因为吃冰棍，一个晚上连着吃了八根，还说，先生怎么称呼，是不是第一次过来府上？许锦年笑笑，说，麻烦你跟余司令讲，我改天再来拜访。梅姨就将许锦年送到门口，说，先生慢走，先生再会。

程珊是在夜里 10 点见到了回家的许锦年，那时候她坐在许锦年公寓门口，已经等候了两个多小时。在那个楼梯转角，程珊心神不定，盼望着许锦年早点出现，又担心许锦年从此不再出现，剩下她一个人面对一切。现在她进屋，整个人瑟瑟发抖，说不出一个字。许锦年说，怎么了？程珊把头扭过去，顷刻间泪水涌出，说，许路远不见了，他被人绑走了。

许锦年愣在原地，感觉程珊的声音类似于催眠，让他双腿虚软，脑子发昏。他实在无法相信，仅仅是过了几个小时，才见了一面的儿子，竟然就落入绑匪之手。程珊的叙述断断续续，许锦年后来慢慢缓过神来，也把所有的事情都在脑子里过了一遍。他像是个饱经风霜的流浪者，坐在沙发上连着抽了两根烟，然后就掐灭烟头，一个电话直接打去了余一龙府上。电话那头，余一龙声音慵懒，说，许科长，你是不是觉得咱们两个都一样卑鄙？许锦年缓过一口气，抹了一把脸，说，看在我儿子年纪还小的分上，余司令您别吓着了他。余一龙却打出一个哈欠，说，时间不早了，许科长请你考虑一个问题，你说，作为一个男人，儿子跟岳父相比，究竟哪一个会更加重要？

许锦年把眼睛闭上，想起余一龙之前说的两个字：下作！

但在把电话挂掉之前，他还是心气平和地说，余司令再见。

事实正如许锦年所料，他下午离开喜来乐茶楼时，就被余一龙特意留在现场的两个青帮弟子跟踪。那时候余一龙断定，许锦年约他喝茶，目的就是下套。他让徒弟去跟踪，是为了搞清楚，许锦年接下去会在哪里跟沈静碰面。然而徒弟后来却跟踪到了玛瑙寺，并且得知一个意外的消息：寺庙里的男孩许路远，是许锦年的儿子……

16

程珊记得那个夜晚似乎跟冰冻一样静默。她记得许锦年后来什么也没说，一个人走去公寓楼顶，站在平台上一根接着一根抽烟。他看上去失魂落魄，好像抽烟就能把深印在脑海里的儿子忘记。

余一龙这天晚上的表现，令许锦年十分吃惊。根据程珊提供的消息，他相信刚才自己在长康里时，被绑架的儿子就在余一龙府上。但是整个晚上他跟余一龙聊了那么多，余一龙却不露声色，只字不提他儿子，好像根本就没发生过什么。许锦年垂头看着自己的影子，不知道此时此刻儿子面对的会是什么。他想起余一龙那些心狠手辣的青帮弟子，仿佛看见儿子瑟缩在墙角，脸上泪迹斑斑。这时候空中却响起"嘭"的一声，突然间震耳欲聋，令他心惊肉跳。他猛然抬头，看见的是一枚炸开来的烟花，烟花火光绽放，将眼前的夜空彻底照亮。

程珊在巨大的爆炸声中战栗了一下，她还没来得及在惊恐中回神，就听见远处又响起零星的鞭炮。鞭炮声此起彼伏，在不同的方向散开，很快就连成了一片。此时她陷入短暂的疑惑，却看见许锦年迅速冲进屋子，急着把收音机打开。收音机信号不好，一开始传出滋滋滋滋的声响，在越来越嘈杂的鞭炮声中令人头皮发麻。许锦年即刻转换频道，手指始终颤抖，最后他终于找到一个清晰的电台，听见里头传来的新闻，正好是播音员说出的最后一句：日本恳请美、英、中、苏四国，保留他们的天皇。

程珊在收音机前，站成了一座雕塑。她听见许锦年的呼吸，沉重并且急促，犹如面临一场灭顶的灾难。窗外的鞭炮声如同翻滚的海洋，时间仿佛过了很久，电台里的声音才再次响起。那时候新闻开始重复播报，但是播音员声音哽咽，播报出的新闻好几次中断：日本政府通过瑞士、瑞典向美、英、中、苏四国发出乞降照会，愿意接受《波茨坦公告》，为促进世界和平，早日停止战争……

程珊不知道眼泪是什么时候开始流淌的。她只是记得，那天许锦年一直愣在那里，全然忘记了夹在手指间的香烟。烟头明灭，香烟越烧越短，最后烧到了许锦年的手上。程珊泪流满面，她把自己抱紧，好让身子不再发抖。

一个通宵，许锦年和程珊就那样安静地坐着，两人似乎都忘记了睡眠。当杭州城逐渐恢复宁静，许锦年沉默着把窗打开，望向硝烟弥漫的夜色。程珊看着他萧瑟的背影，觉得他可能想起了三年前牺牲的妻子，以及如今流落在外命运未卜的儿子。她想在好不容易等来胜利消息的这个夜晚，许锦年肯定感觉很孤单。

贰：1945年8月11日

17

从昨晚开始，诸暨根据地的电台就一刻也没有停过。钱文标陆续收到的消息，是《新华日报》太行版已经一连发了三期号外，除了宣布日本人投降，还全文转发朱德总司令的"大反攻第一号命令"。根据地彻底沸腾了，但钱文标也在喜庆与热闹中心神不宁，他希望许锦年对余一龙的争取，能够早日步入实施。因为既然日本人投降了，那么国民党势必对京沪杭等城市更加虎视眈眈。

中午12点，钱文标再次出现在杭州。此前他收到许锦年的电报，要他赶紧进城。路上钱文标止不住兴奋，觉得即将听到好消息，可谓是喜上加喜。杭州人欢欣雀跃，一个个容光焕发。钱文标在街边挑了两个不错的甜瓜，也不想去跟摊主讲价钱。他想等下到了许锦年公寓，甜瓜可以先养在水里浸泡上个把小时，等到瓜瓤也变凉了再去切。许锦年今天肯定还是会拿出那瓶苹果香味的白兰地，那他就没必要推辞了。

然而等钱文标敲响201室的门板时，给他开门的人却是程珊。钱文标愣了一下，以为自己走错门了。他刚要转头，看见的是站在程珊背后的许锦年。钱文标背着昨天那只工具包，手上又拎着两只地雷一样的甜瓜，一下子记不起来程珊这张脸。

他站在门口左右为难，看见程珊已经走回屋子角落，在一张凳子上不声不响地坐下，这时候许锦年说，你到底要不要进来？

头顶四个叶片的风扇依旧在哗啦哗啦旋转，时间过了不到十分钟，首先发火的人是钱文标。钱文标说，许锦年你真是胆大包天，是谁给你的权力，让你擅自去见自己的儿子？

许锦年垂头，说，我也没想到会这样。请你答应我的请求。钱文标一拍桌子，说，你就死了这条心吧，我现在就可以告诉你，我要让组织处分你。

许锦年站到窗前，此后便再也没有多说一句。昨晚一夜没有合眼，他现在感觉两眼干涩，隐隐作痛，而钱文标的一阵咆哮，又让他脑袋嗡嗡作响。他刚才提出的请求，是让钱文标将余一龙岳父提前接来杭州，好去余一龙府上换回自己的儿子。他非常想见到自己的儿子，比以往任何时候都想。

钱文标盯着许锦年的背影，气得脸色发紫，现在一切都超出他想象，事情已经变得一团糟。他又望向一声不吭的程珊，看她坐在角落里，像是屋里刚刚多出来的一件家具。现在他终于想起，这人是许路远的姨娘，过去的两年时间里，自己曾许多次给她汇过钞票。

两年前，也是这样炎热的夏天，钱文标在大关菜场第一次见到了失踪许久的许路远。他发现许路远并不是流浪街头，而是跟程珊在一起，他叫程珊"姨娘"。钱文标那时候没有急着靠近，而是跟随两人上了公交车，下车后又走了很远一段路，最终到了小营巷。后来他查明，程珊跟顾小芸曾经是广济医院的同事，两人情同姐妹，于是他决定让许路远继续留在小营巷，因为那样反而更加安全。此后，钱文标每隔一段时间给就程珊汇钱，署名严五。但这所有的事情，他都瞒着许锦年，因为特情人员的家属，很多时候往往是一种令人无限担忧的牵绊。

程珊刚才闻听两个男人的争吵，巴不得冲去余一龙家里，狠狠扇他一个巴掌。她认得余一龙，也无法忘记他那张嘴脸。八年前的冬天，当日本久留米师团兵分三路攻进杭州城时，夜里一颗炮弹落在她家，将她母亲炸飞，炸掉了半张脸。第二天她把母亲的尸首埋去郊外，回来时发现余一龙正带着手下一帮流氓，要抽走她家倒塌下来的房梁，说是卖去给另外的人家做棺材。程珊从塌陷的屋子里退出，说，你们再仔细找找，家中还有什么值钱的，就顺便一起带走。那时候余一龙捏着下巴说，话不要讲得这么难听，我们又没有欺负你。

程珊想到这里，便走去钱文标跟前。她盯着钱文标镜片后面的眼睛，说，钱先生能不能看在小芸姐是孩子母亲的分上，去把孩子给赎回来？钱文标愣住，说，你不要添乱。却听见程珊又说，我跟许路远一样，也是亲眼看着母亲死去的。这孩子我辛辛苦苦带了三年，你把他赎回来，就当作是对我的报答。你以前汇来的那些钞票，我一分不少还给你。

钱文标无语，觉得所有的道理好像都在许锦年和程珊那边，只有他自己卑鄙，卑鄙到似乎没有人性。这时候他叹了一口气，却看见许锦年突然"唰"的一声，迅速把窗帘拉上。许锦年说，沈静来了，你们两个快走。

18

沈静戴了一副墨镜，敲门以后站在门口等了很久。他想起昨天那场失败的刺杀，心里就很是恼火。作为军统局杭州站的行动队长，他以前的锄奸行动几乎没有失手过。昨晚城里有一场搜捕，沈静相信是针对自己。如果不是因为后来日本人的乞降消息传来，他今天还不至于如此招摇地出门，并且大摇大摆地登门拜访许锦年。可是令他奇怪的是，许锦年开个门竟然如此磨蹭，磨蹭到他都可以去一趟翠红院，陪扬州姑娘二十四桥泡上一个热水澡。

我猜你是刚从上海赶回来开门。沈静进屋，盯着许锦年，说，鬼子都已经投降，你能不能不要这样愁眉苦脸？

许锦年瞪了他一眼，问他是不是把这里当成了菜市场？光天化日连个招呼也不打，就跟太上老君一样腾云驾雾过来。

沈静笑成一只开心的猴子，说，这都什么时候了？老兄你去街上看看，整个杭州城连个日本人的影子都没有了。

然而让许锦年没有想到的是，沈静过来的目的，竟然也是让他过去余一龙府上。沈静说，听起来就像是个笑话，幸好他昨天没把余一龙给弄死，不然他现在已经被毛站长给活活地骂死。

毛站长是毛万青，军统局杭州站的站长。这人向来神出鬼没，许锦年平常难得见上一眼。现在许锦年知道，昨天对余一龙的刺杀，完全是沈静的自作主张，毛万青对此并不知情。沈静说，站长要我过来跟你商量，让你去疏通一下余一龙那边的关系，就昨天的事情向他道歉。

　　许锦年一阵苦笑，笑得比咬到自己的舌头还惨。他拉了一条凳子，在紧闭的卧室门前坐下，说，你还不如直接讲，让我去替你吃子弹。

　　站长的意思，是我们接下去要把余一龙当菩萨。他讲日本人就要滚蛋了，那剩下这么漂亮一个杭州城，由谁来接管？难道我们要把它拱手让给共党？沈静说，站长让我告诉你，这叫政治。政治的意思就是化敌为友，咱们去跟余一龙死心塌地交朋友。

　　许锦年说，你说完了没有？门在你后面，出门记得下楼梯。

　　沈静赖在沙发上，笑得比切开来的西瓜还甜，说，你拉兄弟一把，是会少了一条胳膊，还是会少了一根手指？接着他抬手看了一下手表，说，站长就知道你不会愿意，所以他会亲自跟你讲。

　　卧室里的电话就是在这时响起，声音来自许锦年身后，隔着一扇紧闭的门板。许锦年听见沈静说，快去接电话，站长很忙的。

19

钱文标顶着许锦年卧室门的门板，手上抓了一把黝黑的快慢机。他跟程珊一起，一直在听着外头客厅里的动静。刚才两人没来得及离开，钱文标提起工具包时，沈静已经踩上了楼梯。现在密闭的卧室里，电话铃声突然响起，程珊蹲在墙角瑟瑟发抖，觉得声音听起来就是在催命。

许锦年把门推开，随手又将它合上。他估计这个动作肯定会引起沈静的注意，但这也是万不得已。

电话果然是毛万青打来的。毛万青说，我就知道你在家里，沈静应该到了吧？我昨天差点就要把他枪毙了。但你也不用担心，你就过去跟余一龙讲，改天我请他喝茶，地点由他来定。我相信这人不至于这么愚蠢，到了今天还跟咱们过不去。难道日本人还能把杭州给带走？

毛万青说得慢条斯理，许锦年却盼望他赶紧把话讲完。

你到底有没有在听？

我在听。

沈静呢？你让他过来，一起听电话。

许锦年心中"咯噔"了一下，看见钱文标已经急得将手上快慢机的保险栓打开，然而那把快慢机很不争气，枪栓拨到一半卡住了。许锦年盯着他，摇头示意他安静，又指了指床底。

在程珊的记忆里，那天似乎只是过了一秒钟，她就看见卧室门打开，然后门外涌进一道太阳光，光被切割成一个锋利的三角形。程珊趴在床底，很快听见沈静的脚步声。她看见一双黑白相间的皮鞋，鞋头很尖。那双皮鞋一步一步朝她走来，鞋跟在地板上踩踏出来的声音，听起来近在咫尺，又仿佛十分遥远，好像是踩进一片黑魆魆的梦境。程珊的身边躺着钱文标，钱文标横举着那把枪栓拨到一半的快慢机。这时候程珊把眼睛闭上，她祈求自己能暂时停止呼吸。

许锦年站在床头柜前，把话筒交给沈静。沈静说，站长我在，你有什么要说的？

毛万青说，祸是你惹下的，你还是陪许锦年一起过去，跟余一龙当面认错，态度要诚恳，不然我剥了你的皮。沈静皱了皱眉头，说，站长我晓得了。

程珊慢慢把眼睛睁开，看见沈静的皮鞋离自己大概一本书的距离，两只白色的鞋头有点发黄，布满细密的灰尘，她闻到了鞋油与灰尘的味道。但是程珊不会知道，此时沈静的视线正被墙角处的一个工具包所吸引。工具包是钱文标带来的，刚才躲进床底下时，钱文标忘了把它带上。现在沈静把话筒搁在床头柜沿，抽了抽鼻子，他先是说，许锦年你是不是金屋藏娇，我好像闻见一股女人的气味？接着他又走去那只脏兮兮的工具包边，抬腿踢了一脚，说，什么破烂东西摆在这里，难道里面藏着宝？许锦年说，你别管得太多，昨天修棕板的师傅留下的。

沈静眨了眨眼，四处张望一番，说，你睡的是棕板吗，怎么修了一天还没修好？沈静笑呵呵地回到床前，抬手按了按床板，觉得蛮结实，说，哪个地方破了？我帮你看一看。说完他就蹲下身子，一双眼睛探向了床底……

程珊永远不会忘记，那天当沈静蹲下，跟躺在床底横举手枪的钱文标四目相对时，沈静惊慌失措地后退一步，即刻转身想要拔枪，但是已经来不及了。程珊听见耳边炸开一声枪响，子弹来自站在沈静身后的许锦年，瞬间将他头颅射爆。

枪声在房间里回响，程珊却感觉四周寂静，寂静得如同一口井。她睁开眼睛，看见沈静仰躺在地上，脑浆迸裂，目光狰狞，血像一团宽广的稀泥，正在地板上无穷无尽地摊开。

许锦年提着手枪，很长时间盯着搁在床头柜上的话筒。话筒像是另外一口井，深不可测的井。后来他跨过沈静尸体，抓起话筒“喂”了一声，听见的是一阵忙音……

20

1945 年 8 月 11 日傍晚，经历过一天暴晒的杭州城，暑气汇集在头顶。但是因为昨晚胜利消息的传来，街道和弄堂的空气是甜的。许锦年离开房间，去附近车库里开车。此时一群来回奔跑的孩子，正在夕阳下挥汗如雨，叽叽喳喳欢叫不停。许锦年一路躲闪着那些孩子，抓在手上的车钥匙还是不小心掉落在地。他俯身捡起钥匙，看见沿途许多人家正在门口洒水，将弄堂打扫干净，并且在门板和窗玻璃上贴上大红的双喜。杭州人纷纷笑容满面，见面时都相互道一声"恭喜恭喜"。

钱文标已经等候在公寓楼前，等到许锦年把车开来，他把后备厢打开，跟许锦年一起，将一只沉重的麻袋抬了进去。后备厢锁上，许锦年看见对门202室的邻居正好路过。邻居买了一捆炮仗，还有两碗甜酒酿，说，晚上要加菜，因为一家人高兴。他跟许锦年打听，问他是不是要搬家？许锦年笑笑，说，我舍不得你这样的邻居。我屋里有兰花豆，要不要给你送去一点？

庆春街突然显得繁华，有人在花店前叫卖新推出的胜利花篮，红花绿叶堆在一起，中间一条庆祝胜利的字幅，买一送一。街上唱小热昏的嗓音高昂，锣鼓一敲眉头一闪，引来掌声不断。但在陆军监狱附近，许锦年也看见一队不声不响的日本宪兵，正在电线杆上张贴辟谣启事。启事声明，日本国乞降是谣言，请广大杭州市民不要轻易相信。

车子最终开到钱塘江大桥，在废弃的公路桥上停住。后备厢打开，许锦年和钱文标抬出里头的麻袋，将沈静的尸体抛入了江中。程珊坐在车厢里，闻见江风吹来的泥腥味。她看见许锦年低头点了一根烟，狠狠抽了一口，随即趴在栏杆上，凝望远处的六和塔，于是后来那根香烟就一半抽进嘴里，一半散入风中。程珊看着他背影，觉得有点心酸。

钱文标倒腾着手里那把快慢机，最终没能把它修好。他看着眼前的大桥，看它绵软无力地趴在夜色中，如同一头受伤的巨兽。杭州人说钱塘江大桥五个字中五行缺火，可是大桥就是一次次毁于炸药掀起的大火。

　　这天的口琴声响起之前，谁也没有注意到河源太郎的存在。河源太郎是驻杭日军一三三师团的坦克兵，此时正独自坐在桥栏前，双腿晃荡在空中。他所吹奏出的口琴曲，叫《故乡的雨》。许锦年听见口琴声如泣如诉，有着淡淡的忧伤。那时候河源带来的清酒已经喝了一半，等到一曲终了，他晃荡着酒瓶，跟跟跄跄地走到许锦年和钱文标身边。河源对着两人鞠躬。他有着瘦长的脖子，脖子上挂着他的从军记章，以及一枚陆军四等金鸥勋章。江风吹乱他头发，如同吹起一面褴褛的旗。河源显然是喝多了，脸上泪迹斑斑，他的中文令人难以听懂，大致意思是说，日本国战败了，河源向你们投降。日本国战败了，河源可以回家了……

　　许锦年闻见一股酒气，他看着河源婆娑的泪光，说，你该回去营房了，以后别再出来作孽。后来许锦年找了个地方坐下，听见钱文标说，你不能留在杭州了，接下去会很危险。许锦年将手上烟蒂弹出，火星画出一轮弧形的光圈，他看着那道最终消失的光圈，笑了笑说，要是能够回去根据地，我睡觉都能笑醒。可是现在不行了，现在我儿子还在余一龙手上。

　　程珊记得这天的后来，许锦年有点开心，他拨弄着手上几颗浑圆的石子，石子在他翻转的手掌和手背间跳跃。许锦年说，老钱你知道吗，我儿子现在长得跟我很像，就连喜欢跑步也跟我一样。钱文标懒得去理他，说，你就是在我眼前显摆，早知道这样，我跟陶敏当初也应该要个孩子。接着两人聊来聊去，聊起了胜利以后的打算。许锦年很兴奋，说，等到杭州城收复，蕙兰中学肯定就要回迁，那他现在所在的政保局，又将交还给学校。他问钱文标，自己以后能不能当蕙兰中学的校长，带上儿子一起去东街路上学。钱文标很果断地说不行，说校长的位子他也渴望了很久，他是学长，他比许锦年更有资格。

那我当一个体育老师总可以吧？

可以。不过我给你一个任务，你去给学校带一支长跑队出来，就像以前的宋老师。

你总是有任务，一天到晚张口闭口就是任务。

以后每年杭州运动会，咱们的长跑队，你必须拿几个冠军奖杯回来。

许锦年唉声叹气，说，我就是你家一头牛，除了耕田，还要负责给你老人家挤奶，让你延年益寿。

程珊到了后来才知道，钱文标说的宋老师，是当年蕙兰中学的体育老师宋君复。宋君复早年留学美国，专攻体育。他回国以后的第一站，就是执教于蕙兰中学。也就是在那时，许锦年加入了宋老师的田径队，主攻长跑，得过不少奖牌。而宋老师后来最为闻名的一件事情，就是1932年的那个夏天，他带队去美国洛杉矶参加奥运会，而那年的中国体育代表团，运动员只有一名，就是来自辽宁的短跑健将刘长春。

程珊听见许锦年说，也不知道宋老师现在人在哪里，他会不会听人讲起，他有一个学生许锦年，在杭州当上了大汉奸。钱文标说，完全有这种可能，不过我以后会告诉他，经过他另外一个学生钱文标的努力，许锦年悬崖勒马，跟日本人划清界限，最后还是为杭州城做出了一点贡献。

河源太郎的哭声就是在这时传来的，那时候他已经将瓶中的清酒喝光。程珊看见他哭一阵又笑一阵，最终掏出一把手枪，摇摇晃晃指向自己的喉管。江风吹拂，让河源流出一截鼻涕。他像是在自言自语，说，家乡广岛已经变成一片废墟，自己哪怕是回去，也见不到父母亲和兄弟。

枪声突然"啪"的一声炸响，将整个夜空撕裂。许锦年看见夜幕下一股鲜血冲天而起，随即河源就像一截断裂的栏杆一样砸下，又在片刻之后"扑通"一声坠江。

许锦年错愕，他望向惊魂不定的程珊，看见她脚下是满地的月光。

21

法院路上的鞭炮声再次响起时，许路远已经在余一龙府上整整待了一天。昨天父亲离开没多久，他就在玛瑙寺门口被人绑架。那两个男人面目狰狞，手臂上文了一条张牙舞爪的青龙。许路远不停挣扎，张开嘴巴叫喊，很快就看见一把尖刀，刀尖顶住他牙齿。他闻到一股铁的气息，类似于锋利的冰块。尖刀随即在他嘴唇上一拉，于是他感觉到流出来的血温热而且腥甜。

几个小时后，在余一龙家库房，被绑在水泥柱上的许路远看见有个男人朝他走来。男人手上托着一个紫砂茶壶，不动声色，说，你爹自以为很聪明，却不知道这个世界上，有人比他更狠。于是许路远知道，自己被绑架，完全是因为父亲。接下去整整一个晚上，许路远都在想他父亲，以及姨娘程珊。他听见外头响起一阵又一阵的鞭炮，夜空也一再被烟花照亮。他还听见鞭炮声中有个男孩在声嘶力竭地哭喊，哭喊着让他爹去法院路上给他买鞭炮。

　　时间到了这天上午，昨天哭喊的男孩大大咧咧地走进库房。他一个巴掌拍死落在他滚圆肚皮上的一只蚊子，将蚊子血抹到了墙壁上，然后盯着许路远说，你是谁？你为什么会在我家里？许路远被绑在水泥柱上腿脚发软，他很想喝水，又觉得肚子很饿，说，你能不能给我一点吃的？

　　男孩这时狠狠地抓了一下脖子，可能是觉得脖子上也有一只令人讨厌的蚊子。然后他咧开嘴巴笑了，露出宽大的牙齿说，除非你愿意跟我一起玩，玩到天黑。许路远咽下一些口水，点了点头，当即听见男孩说，只要你说话算话，我这就命令我爹把你给放了。我爹要是不听话，我们把他给绑起来。

　　当炮仗声再次响起，许路远看见余幼龙悲痛难忍，伤心地哭了。余幼龙一屁股赖在地上，眼巴巴地望向空中炸开来的烟花和炮仗。他的鼻涕跟随着眼泪，放声痛哭时，想不通为何从昨晚开始，整条法院路上的人都能放炮仗，唯独他一个人连屁都没有。余一龙面色阴沉，沉得像挂了一块铁。他说，儿子听话，咱们家跟他们不一样。余幼龙于是捶胸顿足，叫喊着怎么就不一样了？咱们家有的是钞票，哪怕放一年的炮仗也不缺钞票。

梅姨在哭喊声中一阵踌躇，犹豫着走到余一龙身边，说，先生要不就答应他吧，就在自家院子里，小孩子玩玩鞭炮，没什么大不了的。余一龙却如同被点燃的炮仗，望向梅姨，以及梅姨身后等待发话的用人，说，放你屁！你们有没有脑子，一个个都给我想清楚，我余一龙家到底是遇到了什么喜事，需要噼里啪啦朝天放鞭炮？

梅姨噤声，看见空中掉下许多花花绿绿的烟花碎屑，一片一片飘进了院子。

这天的后来，是余一龙的一名青帮弟子突发奇想，才让余幼龙破涕为笑。那个青帮弟子牵着余幼龙一步步走上二楼。就在阳台栏杆前，他忽然将手里的杯子松开，杯子于是哐当一声砸到楼下，在水泥地上四分五裂地碎开。

青帮弟子问一惊一乍的余幼龙，像不像炮仗，好不好玩？余幼龙眼睛一眨，抹去泪水时思路已经贯通。他突然笑得有点腼腆，噘着嘴巴说，你这杯子太小，声音比不过人家炮仗响。

乒乒乓乓的声音于是陆陆续续在院子里传开，响成热闹非凡的一片。许路远看见那些用人捧着一堆大碗小碗，纷纷登上二楼，跑去余幼龙的身边。用人们排好队，将各种各样的瓷碗和酒杯，一只接着一只送到余幼龙手里。余幼龙于是变得很忙，也变得心花怒放。他将那些杯碗接二连三地砸向一楼，每一次都用尽全身的力量。酒杯和饭碗有的扔得比较近，有的又甩出去很远。随着噼里啪啦的破碎声响起，余幼龙从心底里升起一股自豪。后来厨房里的碗碟和汤盆都消灭得差不多了，余幼龙发现站他眼前的用人已经两手空空。他觉得这些用人真是吝啬，连多让他开心一点都不舍得。于是他卷起袖子，扯开嗓子朝楼下的余一龙喊了一声：爹，咱们家不是还有很多花瓶吗？你让他们都抱上来，砸完了明天再买。

此时许路远已经站在余幼龙身后，他扯了扯余幼龙的衣角，说，幼龙哥你别喊了，咱们玩点其他的，要不一起去抽陀螺。余幼龙回头，看见许路远眉头紧锁，好像对刚才的游戏无动于衷。他即刻有点扫兴，说，许路远，你怎么了，这样放炮仗不是很好玩吗？你知不知道，我家里还有鱼缸，那个会更加过瘾。

在余一龙的记忆里，这天的后来，余幼龙沮丧着一张脸，跟随许路远一起下楼。路上许路远轻声跟余幼龙说，幼龙哥你再这样玩下去，你爹会很不高兴。余幼龙说，我爹不高兴又没关系，只要我高兴。许路远说，不对，你怎么可以让你爹不高兴。

当用人们开始清理楼下酒杯饭碗的碎片时，余幼龙开始跟许路远一起，两个人抽陀螺抽得十分起劲。其间余幼龙从口袋里抓出两枚香榧，直接塞进了嘴里。许路远看他使劲把坚硬的香榧壳咬碎，就扔下陀螺棒冲过去说，幼龙哥你别急，香榧不是这么吃的，你快把它吐出来。许路远比余幼龙矮了一截。等到余幼龙吐出满嘴的碎香榧，他又让余幼龙蹲下，将塞在他牙缝中的香榧碎屑一片一片掏出。他接过余幼龙递来的香榧，一颗接着一颗剥开，香榧仁送到余幼龙手上时许路远说，幼龙哥你吃慢一点，吃慢一点会更香。

　　余一龙一直在旁边看着。他也是到了这时才突然想起，这么多年，自己还是第一次听见有人叫他儿子"幼龙哥"。法院路上那些孩子，以往虽然不敢欺负余幼龙，但也从来不跟他玩到一起。余一龙不会忘记，哪怕平常在弄堂里碰到，那些孩子也是贴着墙根绕开他儿子走，好像儿子身上缠绕着一条蛇。

　　余一龙想，许锦年怎么会有这么一个儿子，他平常日子到底是怎么教的？可是从昨晚打来电话到现在，时间已经过去整整一天，许锦年却始终没有登门露面，好像儿子在他余一龙手上，就是被锁进了保险箱，他一点也用不着担心。余一龙想到这里，看见院子里清凉的月光，觉得人和人之间，的确有很多的差别。这时候他看见梅姨向他走来，梅姨说，时间不早了，先生刚才也累了，是不是该早点休息了？

叁：1945 年 8 月 12 日

22

许锦年从一场短暂的噩梦中惊醒，醒来时抬头一看，毛万青正站在他身旁。毛万青背对着他，盯着墙上一幅上海滩花冠美女的日历，说，你是不是属猪的，你到底睡了多久？许锦年双手按压住枕头，看似迷迷糊糊地坐起，实则在心底里告诉自己：不用慌，枕头底下的枪还在。他昨晚睡前检查过，里头还剩下五枚子弹。接着许锦年揉了揉眼睛，用眼角的余光确定，除了出现在他卧室里的毛万青，客厅里还有两名军统局杭州站的外勤。总共三个人，一下子把整套房子挤满了。他们都是军统局的老员工，经验老到，跟局长戴笠是老乡，老家在浙西江山县城。

许锦年打出一个哈欠又伸了一下懒腰，说，站长是怎么进来的？我怎么睡得这么沉，丝毫没有察觉，看来得给你写检讨。他这么说着，其实是为了等待毛万青开口。昨天的那个电话，他希望毛万青没有听见那声枪响。但是如果事与愿违，那么他接下去要说的，就是埋怨昨天孝女路上没完没了的炮仗，会让人误以为是枪响。至于毛万青是否愿意相信，那他只能听天由命，硬着头皮走一步算一步。

沈静去哪里了？毛万青把目光从花冠美女身上移开，说，昨天的事情办得怎么样？沈静不过来跟我说，你也好像睡得很香。

看来路并没有被完全堵死，事情还有回旋的余地。许锦年穿衣下床，心想，毛万青刚才这句话其实并不携带锋芒，关键是看他接下去怎么说。

我也正想跟站长汇报，许锦年慢条斯理，扣上一粒一粒的扣子，说，沈静昨天听完你电话，说是要出去买烟，结果买烟买到现在还没有回来。

毛万青把窗帘拉开，看见两只鸽子飞落在对面屋顶，继而转头，看似心无旁骛地跟他对视。毛万青掏了一下耳朵，将掏出来的耳屎弹出去，说，听你这意思，那你也没过去余一龙府上。

沈静不露面，那我也不想一个人过去。许锦年系好鞋带，胡乱擦了一把皮鞋，怨声载道地说，既然他跟我玩失踪，说明他知道余一龙那里没有什么好果子吃。地狱之门总不能我一个人独闯，这事情站长你要说句公道话。

毛万青依旧盯着两只鸽子，看见它们低头，在那排年代久远的青灰色瓦片上走来走去，如同两个深谋远虑的将军。

把沈静给我找出来，毛万青说，找到他我就给他剥皮。

这天接下去的很长一段时间里，许锦年都陪着毛万青和他的随从，辗转在杭州的市井里弄，寻找一个已经不存在的沈静。虽然所有的时光都是在浪费，但是许锦年还是显得很卖力，一次次汗流浃背。其间他诅咒沈静，诅咒这人是钻进下水道的老鼠，上街会被车撞死，以后生孩子也没有屁眼。

一帮人最后再次去了一趟沈静家中，毛万青有那里的钥匙。在沈静那张油光发亮已经褪色的布艺沙发上，毛万青捶腿，跟许锦年说，别说我没提醒你，你昨晚睡觉连门都没有关上。你这记性到底是跟谁学的？许锦年于是狠狠地拍了一下脑袋，说，下不为例。

事实上许锦年心里清楚，门是他昨晚故意留着的。他之所以这么做，就是为了等待毛万青一旦上门，才能显示自己心怀坦荡。

23

江阿球这天在政保局办公室里写日记。他写下的第一句是1945 年 8 月 12 日，农历七月初五，星期天，晴。

江阿球的一笔字写得歪歪斜斜，称得上丑陋，因为他平常除了在各种各样的文件上签字，基本上也不用写其他的字。

写完第一句，江阿球开始考虑下一句。他最近写日记，脑子里主要考虑的就是许锦年，以及这两天不知所终的沈静。

许锦年办公室就在江阿球隔壁。作为政保局副局长，江阿球每次想起这个不苟言笑的许科长，就觉得一言难尽。在他记忆里，许锦年永远有一些细碎的秘密，就像他每次从密电科电讯室出来，身上都有密密麻麻的摩斯电码的气息。

杭州政保局位于东街路 100 号，征用了以前的蕙兰中学校舍。八年前杭州沦陷，蕙兰中学搬迁去富阳，后来又去上海，校园于是被汪精卫政府收管。以前的政保局是叫76号杭州区，办公地点在民生路46号，所以那时候的杭州人习惯叫他们46号。但是从昨天开始，政保局就变得跟停尸房一样安静，之前那些耀武扬威的46号人员，因为日本乞降消息的传来，现在已经没有人愿意迈进大院一步。

江阿球接着想起了沈静。正当他在回想沈静那天刺杀余一龙的情景时，却接到武田英夫打来的电话。电话里，武田要他过去一趟宪兵总队。江阿球一手拿话筒，一手抓着崭新的派克钢笔。他凝思了一阵，说，队长有什么事情，能不能在电话里说？

武田说，我这边抓捕到几个共党分子，江局长难道对此不感兴趣？江阿球于是又凝思一阵，这才把翻开的日记本盖上。

车子离开东街路，往众安桥方向驶去。宪兵队是在以前的东南日报社旧址，路口每天都摆了铁丝网路障。路障前，面对过来检查的军曹，江阿球没有将车子熄火，也没有下车，只是掏出证件，摆在车窗口晃了晃。跟以往相比，他这天把许多必要的礼节都省了。

宪兵队门口的碉堡楼上，几台机关枪还在，机枪手跟往常一样笔直站着，脸上跳跃着莫名其妙的光。江阿球知道，那些跳闪的光是机枪膛对阳光的反射。此时他撇了撇嘴角，看见车子已经进入宪兵队大院，武田英夫正在2号楼的门厅前等他。

2号楼不是营房，地上部分属食堂和澡堂，地下部分是监狱。铁门"哐当"一声打开，江阿球跟随武田英夫，步入通往地下室的台阶。台阶向下延伸，中间不停地拐弯。路上两人都没吭声，江阿球只是注意到，武田英夫的黑色皮靴跟镜子一样光亮。他奇怪武田怎么会有那么多时间，每天都用在擦皮鞋这件事情上。

暑气很快被收走，江阿球抖了抖汗湿的衣裳，随即闻到一股血腥的味道。被羁押在底层的总共四人，全都戴上了铁索脚链。其中一个人受伤，是在手臂位置中弹，创口打上了绷带，许多血污渗出，引来几只肥硕的苍蝇。

武田英夫走到四个人中间，说，江局长我来给你介绍一下。这位老师姓张，在杭州教育界小有名气。他写过一篇论文，主要论述当代文人与西湖的关系，其中提到一大串作家的名字，包括湖畔诗社、郭沫若与胡适、鲁迅以及李叔同，当然还有风流公子徐志摩，以及在我们日本国留学，写下了《沉沦》的富阳人郁达夫。对了，张老师名叫张家喜。你再看这位小姐，名字跟人一样美丽。她叫丁莉，在崇文中学执教桑蚕种养。丁小姐皮肤光洁，并且富有弹性，我当初见到她的第一眼，竟然想到了蚕宝宝。接下去这位中弹负伤的，是运河码头的搬运工，名叫陈群。陈先生枪法很准，前天晚上在北山街附近，我们在一条弄堂里将他堵住。他一枪射碎路灯，紧接着射杀了我的三名宪兵。

武田说完蹲下身，轻轻按了一下陈群的伤口，问他现在是否还痛。又伸出手背探了探他额头，说，还好，好像并没有发烧。

此刻张家喜瘫坐在一个阴冷的角落，全身虚脱，目光憔悴。

他看见武田捡起地上那把麦秆扇，在他父亲张发水面前柔情款款地扇了扇。武田说，我知道你是张老师父亲，其实你很无辜，跟这件事情一点关系也没有。武田接着就跟江阿球介绍，说，你有没有发现，这把麦秆扇很有意思，扇柄上有张发水的签名，扇心中间也绣了一只威风凛凛的公鸡，类似于百代唱片公司商标上的那只鸡。

张家喜感到一股深刻的悲凉。他很清楚，当初如果没有这把麦秆扇，三人小组或许不至于被捕。现在他把视线从父亲汗迹斑斑的额头上移开，却撞见了丁莉的目光。丁莉坐在另外一个角落，双手被反剪，头发散乱在眼前，如同跟他隔着一场雾。

三人小组在前天晚上被捕后，当即被送进了宪兵队监狱。张家喜记得那个夜晚，残暴而且凌乱。时间过了一个多小时，他在地下室里似乎听见此起彼伏的炮仗声，声音有点含糊，像是来自附近一片幽深的水域。那时候父亲看他一眼，说，今天是什么倒霉的日子？人家忙着娶媳妇，我们被人拳打脚踢送来这里。

宪兵送来四个人的饭菜时，武田带江阿球去了隔壁的审讯室。他给江阿球递来几张照片，让他抓紧拿去登报，包括《浙江日报》，甚至是《儿童时报》。江阿球看见照片中的张家喜手戴镣铐，赤脚站在水泥地上，身后是两名持枪的宪兵。武田说，杭州各家电影院也可以利用幻灯机播放这些照片，我要让所有杭州人知道，情况并非他们所想象，所谓的日本国投降，那是一个天大的笑话。

然而江阿球却把照片整理好，全都还给了武田。江阿球说，请武田队长理解，眼下这事情可能有点难办。武田愣住，听见江阿球又说，如今时局不一样了，我估计报社和电影院，没人愿意接手这些照片。

武田于是笑了，笑得很仓促。他盯着江阿球说，原来江局长也是这么想的。看来我刚才的想法，好像是有点单纯。

江阿球感觉有点别扭，他在靠背椅上挪了挪屁股，像是为了坐得更加舒服。接下去一段时间，他在沉默中拨弄起自己的手指，先是食指，再是中指，然后才是无名指。等到把所有的手指都拨弄了一遍，他才抬头说，武田队长你知道的，我是杭州人，我不能跟你一起去日本。

武田的半张脸就是在这时候开始抽搐的，他不愿意相信刚才那些话，是出自江阿球的嘴里。他深吸一口气，便由衷感叹出一句，说，人心这种东西，有时候变化起来速度真快，可能只是几秒钟，就像是翻过了一个世纪。说完武田就毫不犹豫地让他将那些照片撕碎，接着又把门打开，对着江阿球甩了甩头，说，出去。

江阿球并不急着离开，他似乎依旧留恋那把椅子，过了一阵才站起。江阿球眨了眨眼睛，说，武田队长要是不介意，可以把这几个共党分子交给我来处理。请你一定放心，江阿球说，对付共党我跟你一样，绝对不会仁慈。

我跟你不一样，武田站在门框前摇了摇头，说，以后别让我再见到你。你现在这副样子，很像一条死皮赖脸的狗。

江阿球在踩上那些台阶时，觉得脚底板有点软，心里也前所未有的沮丧。然而当身后铁门"哐当"一声响起，他又开始提醒自己，刚才这事情应该写进今天的日记。总之情况是这样的：他跟武田费尽心思商量过，让他把共党分子移交给自己。可是个子瘦小的武田一根筋，说什么也不肯答应。想到这里，江阿球蓦然抬头，看见正午时分的许多阳光，十分浪费地照耀在2号楼头顶。他摇了摇头，心想，武田真是莫名其妙，到了今天这种地步，共党分子跟他还有什么关系？他与其花心思多管闲事，还不如省下时间来多擦几次皮鞋。

24

余一龙没有想到，这天下午接近傍晚时，他竟然接到了浙江省省长兼杭州绥靖主任丁默邨打来的电话。电话里，丁默邨好像刚从一场睡眠中惊醒，声音疲倦而且慵懒。他说，局势如此敏感，天气又热得让人脑壳发昏。他家的石榴树因为忘记浇水，结果开出来的花昨天夜里全都谢了。还说，他家那片池塘，荷叶生长的速度令人发慌，记得前两天还是一小撮，可是到了今天已经把整个池塘挤满，像是一片绿油油的稻田。余一龙举着话筒很耐心地等着，想不明白，省长在石榴树跟池塘荷叶上拐弯抹角，接下去到底是要牵出什么样的细枝末条。他听见丁默邨说，用不了多久，你就可以带上幼龙公子来我家采莲藕，我家住址在哪儿，你应该还记得吧？余一龙挤了挤眉头，说，省长这么说话，我肯定是有什么地方做错了。丁默邨说，没有，你最近待在家里不去和平军营房是对的。接着丁默邨就干咳两声，说，日本人没戏了，看在你我兄弟一场的分儿上，我跟你说实话，连周佛海都早已经在帮军统局做事。唐生明你总知道的，他潜逃去南京和上海，其实是在帮戴笠牵线搭桥。

余一龙在丁默邨的话语声中保持静默，此时他看见门外的儿子，正跟许路远一起，在聚精会神地抽陀螺。陀螺在远处水泥地上飞转，儿子追赶过去，气宇轩昂地又补上去一鞭。

余一龙说，省长的意思是……

我哪里有什么意思，我就是跟你聊聊天。不过你要是愿意，我倒是可以让另外一个唐生明过来找你。至于你们私下里聊什么，你一句也不用跟我说。

在杭州，省长怎么说我就怎么做。余一龙说，除了省长，其他人也别想跟我啰里吧唆。

但是半个时辰后，当梅姨听见敲门声过去开门时，见到的竟然是许锦年。许锦年抱着一箱青岛啤酒，让人以为是杂货店送货的。那时法院路上几盏路灯刚刚亮起，有只体形瘦小的蓝灰色知了，正趴在路灯杆上刻苦地鸣叫。

梅姨刚刚洗完头。她用一把木梳子来回梳理着湿漉漉的长发，说，你是不是许先生？我记得你前天晚上来过这里，给余幼龙送过来一袋香榧。

许锦年放下啤酒，问她，余司令有没有在家，又说，丁省长让我过来，省长刚才来过电话，邀请余司令过段时间去他家里采莲藕。

余一龙就站在客厅门口。他远远地望向梅姨对面那张脸，没有想到丁默邨电话里提到的另外一个唐生明，竟然又是这个冤家路窄的许锦年。余一龙一路走去，说，许科长还有什么花头精，可以尽管使出来。但你要是想趁机让我放了你儿子，实话跟你讲，别说丁省长，就是死去的汪精卫开口也没用，这是你我之间的私人恩怨。

许锦年笑了，俯身再次抱起啤酒，说，我来不是为了儿子，再说我们之间也没有什么私人恩怨。这时候梅姨用力拧了拧发梢，拧出一些残留的水珠。梅姨说，原来许先生是许路远的父亲，我怎么一点都没有看出来。

让余一龙更加没有想到的是，进门以后的许锦年这次可谓开门见山。许锦年直接挑明，自己的身份既属于延安又属于重庆，但最根本的是共产党。他声称之所以假借丁默邨之手打来那个电话，是担心自己独自过来，余一龙不会为他开门。

在许锦年后来的言语中，余一龙总算明白，原来共产党新四军想进驻杭州城。并且他搞清楚了，许锦年之所以来找他，就是为了让和平军给进城的新四军让路。一句话，就是为新四军打开城门。余一龙听许锦年说完，这才让自己笑出了声音。余一龙说，我要不要提醒你一下，蒋介石刚刚发文，让北方皇协军以及南方和平军原地待命，所有的队伍，只能向重庆中央军缴械。许锦年说，这些我都知道，所以等我们的人员进城，我们会持国民党中央军的介绍信，到时候余司令打开城门，于情于理，你什么也没做错。

我凭什么要支持你？就因为我岳父在你手上？

许锦年摇头，说，我们根本没有那样的意思。我只是想让你看清楚一点，这座城市早晚会属于我们的队伍，我们必将是这里的主人。

那就等你成了主人再说。我可不想提着脑袋去见蒋委员长。我这人鼠目寸光。

你没有违背蒋委员长的意思。余司令是不是忘记了，丁默邨向你推荐时，说我是重庆派来的"唐生明"。

然后呢？然后你就是两头讨好，延安和重庆，你谁也没有得罪。有句话叫作刀切豆腐两面光。我就怕到时候连吃豆腐的嘴都没了。

余司令多虑了。你只是执行重庆方面的指令，而且收到的的确又是中央军介绍信。许锦年停顿片刻，说，接下去的话请余司令记牢，以后万一有什么差池，你要记住丁默邨给你打来电话，是在下午 5 点 10 分，通话时长二十七分三十九秒，也就是将近半个小时。那时候我就在他身边。这些证据以后如果需要，你可以去电话局拉清单。还有我刚才在门口，也跟梅姨提到了丁省长的电话。而我给你带来的青岛啤酒，箱子你要保存好，上面有我的指纹。我刚才让商家开了收据，告诉他啤酒瓶到时候要退的，盖章的收据塞在箱子里，有具体的开票时间。所有这些都足以构成完整的证据链，哪怕到时候蒋委员长追责，你完全可以证明自己是受到丁默邨误导，而我也上门劝导，所以你才相信，我的确是重庆派来的"唐生明"，我给你指明了一条正道。

余一龙的两只耳朵抖了一抖。他盯着许锦年十分忙碌的一张嘴，说，原来你把后路都给我想好了，你不去拍电影真的可惜了。我在上海明星公司有熟人，你要不要帮他们写剧本？

许锦年说，谢了，不过余司令接下去，倒是要好好考虑一下自己后半生的剧本。

余一龙靠回到椅背上，依旧摇了摇头，他想不明白，眼前这个男人，为何会如此固执，固执到执迷不悟，固执到让人哭笑不得。很久以后他开口，说，许科长，我实在没法相信你，除非你能给我一个理由。许锦年沉吟片刻，望向门外已经彻底降落下来的夜色，说，余司令如果需要理由，那就是我儿子还在你手上。实话告诉你，我今天过来并不想带走儿子，只是希望跟他见一面。

余一龙怔住，不知道该如何应答。后来他听见许锦年再次开口，声音接近于荒凉。许锦年说，天下有哪个男人，愿意以自己的儿子做赌注？余司令若是连这点也不愿意相信，那你就不配做一个父亲。

余一龙觉得理屈词穷，也觉得牙齿很酸。但他考虑了一阵又说，一码归一码，你别把事情扯远，也别想把我往阴沟里带，我还没有糊涂到这种地步。

25

晚上9点，杭州城降了一场小雨。那时候在余一龙家后院的围墙边，许路远正跟余幼龙一起抽陀螺。他们各自抽着陀螺，想方设法让两只陀螺撞到一起，如果谁的陀螺倒下，谁就在这场游戏中输了。

雨点淅淅沥沥落下。许锦年站在院子当中的灯光底下，透过那片稀薄的雨幕，看见儿子许路远的陀螺明显比余幼龙的矮了一截，分量应该也轻了许多。余幼龙抽陀螺抽得很用力，陀螺鞭子上的棕叶条子散开，手上只剩下一根光秃秃的木棍。这时候余幼龙盯着自己的陀螺无计可施，急得想哭。许路远于是跑过去，把自己的陀螺鞭子给他，说，幼龙哥你别担心，这回赢的人肯定还是你。

许锦年穿过那片被雨打湿的草坪，走到儿子跟前。儿子茫然看了他一眼，很快就把视线移开。余一龙也就是在这时候赶到的，他问许路远，怎么不叫爹？许路远慌兮兮地看着他，说，幼龙爹你搞错了，这人不是我爹，我不认识他。

许锦年忍不住眨了眨眼睛，看见儿子的头发已经被雨淋湿。他蹲下，把儿子松开的鞋带绑紧，拍了拍他裤腿，说，幼龙爹不是外人，你也骗不了他。许路远这才迟疑了一下，转身跟余幼龙说，幼龙哥，这是我爸爸。

余幼龙顿时笑得前仰后合，露出一排不够整齐的大牙。他说，许路远你真傻，你怎么不认得自己的爸爸？

这天的后来，许锦年在院子中的轩然亭里坐下，主要是为了陪儿子看雨。雨是从头顶灯光照得见的地方落下来的，丝丝缕缕，延伸成一条条细密的线，银色。雨线并不缠绕，平行地落下，相互之间分得很清楚。许锦年问儿子，你有没有想我？儿子说，我在抽陀螺的时候不想，睡觉的时候就会想。

许锦年看见儿子手腕上一团瘀青，当初被刀子割开的嘴角皮肉裂开，刚刚结出一块新鲜的血痂。他轻轻触摸儿子的伤口，问他，还痛吗？儿子把他手拿开，说，爸爸，我是不是还不能跟你回去？许锦年沉默，过了一阵说，爸爸把你一个人留在这里，你会不会怕？儿子说，不怕，妈妈以前说过，遇到什么事情都不用怕。要是实在忍不住了，就掐一下自己的大腿，或者使劲咬自己的手指。

雨好像在收敛，也好像是在聚集。许锦年抬头，看见许多雨丝飘进眼里，让他眼角有点潮湿。他说，我也会经常想起你妈妈，想起有一年我离开她时，你还很小，躺在摇篮里吮手指。

我喜欢吮自己的哪根手指？

许锦年抓起儿子的手，说，每次都是你右手的拇指，拇指上沾满你的口水。

儿子一阵嬉笑，又说，爸爸那时候为什么要离开妈妈？

爸爸接到一项重要任务，爸爸总是身不由己……

许锦年抚摸着儿子的脑袋，如同抚摸那段久远的记忆。那年他接到任务，要离开妻子前往军统局潜伏。分手的那天晚上，送行的车子已经停在弄堂口。他在房里打开留声机，在乐曲声中，他搂起妻子顾小芸跳了一段舞，两人就围着儿子的摇篮跳舞。那时候儿子才几个月，躺在摇篮里一双手脚不停地挥舞。顾小芸起初被心爱的儿子逗笑，后来又趴在他肩膀上，默默聆听歌星姚莉所唱的《玫瑰玫瑰我爱你》，直到身子开始颤抖，最后伤心地哭了。

26

梅姨是在半个小时后发现的，许锦年和他儿子不见了。那时候她把消息告诉余一龙，余一龙正在厅堂里给青帮祖师爷上香，他提着点燃的香柱走去门口，看见轩然亭里果然已经没有人影，桌上留着许路远的那根陀螺鞭子。

余一龙怅然凝望飘飞的雨幕，听见细雨洒向密密匝匝的树叶，发出寂寞的声响。香柱的烟雾在眼前缭绕，余一龙说，走了也好，省得夜长梦多。然而也就是在这时，他看见院门被凶猛地撞开，冲在最前面的，是他儿子余幼龙。余幼龙豪情万丈，十分骄傲地喊了一声爹，说，爹你快过来看，我们买了一大堆烟花和炮仗。

余幼龙的身后，是提着炮仗的许锦年跟他儿子。余一龙目露凶光，远远地喊出一句：许锦年你给我出去。但是已经来不及了。此时余幼龙早就将一枚硕大的烟花在地上摆开，他大张旗鼓地点燃一根火柴，火苗迅速送向引线，引线"嗖"的一声绽放出火星……

在法院路附近居民的记忆里，这天夜里，当雨脚刚刚收住时，长康里1号院子中突然升起一枚五光十色的烟花。烟花弹劲道十足，带着一声悠长的鸣笛，笔直冲向黝黑的夜空。然后就在众人昂首期盼时，烟花终于"轰"的一声炸开，顷刻间地动山摇。

余幼龙笑得在地上打滚，在随即升起的一排气势无穷的烟花中，他又开始狂奔，双手挥舞着跳跃，眼里光芒四射。"噼里啪啦"的鞭炮声跟着响起，余幼龙双手盖住耳朵，眯着一双担惊受怕的眼睛。此时他透过跳动的火光看见，许多隔壁邻居已经呼儿唤女，喜不自禁地拥到了他家门口。

余一龙在磅礴的喧闹中六神无主。这时候许锦年走来他身边，在鞭炮的间隙声中说，你别这样气急败坏，你看那些邻居的眼神就会明白，其实他们是在夸你，而我也是在帮你。

余一龙放眼望去，看见儿子已经笑出眼泪。儿子得意扬扬地把那些邻居和他们的儿女拉进院子，让他们好好欣赏接下去又要燃放的烟花和炮仗。这时候许锦年过去跟余幼龙一番耳语，余幼龙急忙回房捧出一堆香榧，跟许路远一起，十分豪爽地分给那些邻居。余幼龙穿梭在人群中，像是漫步在喜气洋洋的节日里，说，日本人投降了，我爹心里高兴。我爹说，前两天没放的炮仗，今天全都补上。他也朝自己嘴里塞了一枚芳香四溢的香榧，很自豪地咬了一口说，我爹不是汉奸。我爹说，今天放一次炮仗，明天还要接着放。明天放一百个一千个，放他个昏天地暗、人仰马翻。

许锦年是在人潮退去时感觉深刻的困意袭来的，他认为自己需要一场睡眠。离开之前，他看一眼给他递来水杯的儿子，说，爸爸要走了，你在这里好好待着。儿子点点头，茫然地跟他说，爸爸再见。此时余一龙皱了皱眉头，十分沮丧地望向满地堆积的炮仗壳，以及色彩纷呈的烟花碎屑。如果一切可以重来，他希望许锦年昨晚就来他家，那样他家昨晚砸碎的景德镇花瓶和做工精细的瓷碗，就不至于一个都没留下。余一龙随即打出一个意味深长的哈欠，说，许锦年你给我听着，我给你三天时间。三天之内你的队伍要是不能进城，你再怎么绞尽脑汁，一张嘴说得天花乱坠，我家这扇门也不可能为你打开。

许锦年正走到门口，看见一缕风从他脚下吹过。此时他如释重负地笑了，转头说，余司令痛快，余司令再见。

27

程珊在这个夜晚目光黯淡，心里有很多委屈。她坐在许锦年公寓的楼梯口，已经顾不上斯文，犹如屋檐下一只被雨打湿的鸟。当暗夜中终于出现许锦年的身影，程珊踌躇地起身，慌忙整理起披散下来的头发。可是等她抬头时，眼泪还是不由自主流下来了。

程珊刚才过来孝女路时，带来了许路远换洗的衣裳，想让许锦年送去余一龙家中。在公寓楼隔壁一家馄饨店门口，她看见老板娘在窗玻璃上糊贴红双喜，随口提醒她贴反了。老板娘却转身瞥了她一眼，说，汉奸婆子，我家的事情不用你管。程珊纳闷，心想，谁是汉奸婆子，没想到老板娘叽里呱啦，说跟汉奸睡一铺床，难道你敢说你不是汉奸婆子？程珊站在那里跟她理论，等来的却是对方扇过来的一个巴掌。

许锦年看见程珊眼角的一道伤口，是被女人的指甲抓破的。等他上楼，又发现家中门板被踢开，许多东西被砸烂，就连灯泡也被敲碎。刚才程珊因为跟老板娘争执，就被一些过来帮腔的邻居追打。邻居追到许锦年门口，终于将程珊堵住，有人又义愤填膺地不肯收手，抬腿一脚就把门板踢碎了。

房间里一片狼藉。许锦年顾不上这些，冲去卧室撬开地板，看见藏在里头的电台还在。但他也是到了这时才发现，屋里的电线已经给剪断，此时他根本没法给远在诸暨的钱文标发报。程珊记得这天后来发生的事情，远远超出她的想象。她记得许锦年像座沉默的雕塑，眼里有一种类似于暮色般的光芒。许锦年目无旁视，一路开车，笔直开去了东街路上的政保局大楼。等到车子停稳，许锦年急匆匆下车，他什么也没说，就将程珊一个人留在了车厢。

程珊不会知道，此时许锦年心里想的，是尽快联系上钱文标。三天，余一龙给他的时间只有三天。三天里钱文标要是不能带队进城，许锦年做出的所有努力都将打水漂。

楼道里灯光打开。走廊上铁门打开。许锦年迅速进入电讯室，看见密电科那排整齐排列的电台，正在深夜里释放一团幽暗的光。

程珊后来离开车厢，一路跟随灯光方向，战战兢兢地朝着许锦年发报的二楼电讯室靠近。然而她在二楼走廊刚刚走出一段距离，就听见楼下传来一声嚣张的喇叭。凶猛的喇叭让程珊吓了一跳，等到粗粝的声音再一次撕裂开，程珊才透过半人多高的窗玻璃看见，此时楼下已经多出一辆车。车子并没有熄火，车头顶着两道刺眼的光柱，像是两根捅进夜幕的铁棍。

程珊看见车门打开，有人抬头声嘶力竭喊了一声：许锦年，下来！

28

许锦年也听见了楼下的嘶喊，此时他不用开窗也知道，那个叫魂一样的声音，来自毛万青。毛万青看见楼道里的灯光，也看见停在楼下的车子有他熟悉的车牌，所以他十分清楚，待在楼上的人必定就是许锦年。

此时电报才发了一半，但显然已经不能继续。许锦年站在发报机前，猛然听见门外一阵细碎的脚步声。他把门打开，看见的是噤若寒蝉的程珊。程珊瑟缩着进屋，许锦年把门关上，当即递给她一张纸条。

待在这里别动。许锦年说着，掏出钱包抓出里头所有的钞票，说，等下你去叫一辆车，出城跑一趟诸暨，暨阳中学旁，找一家名叫"浣纱女"的次坞打面店。

程珊即刻被惊慌笼罩，耳边响起车马喧嚣。她听见许锦年继续开口，声音仿佛很遥远："浣纱女"的老板会带你去见钱文标。你就跟钱文标讲，有个叫毛万青的人突然上门找我，可能是因为沈静。

程珊盯着许锦年那张脸，看他在灯光下瞬息万变，有着电闪雷鸣的颜色。她并不知道毛万青是谁。但她已经知道，此时的许锦年，似乎要让她去跟时间赛跑。

程珊绷紧嘴唇，说，你能不能再说一遍。这时候楼下喇叭声再次响起，声音惊心动魄。许锦年说，你一定要把纸条交给钱文标，那是我要告诉他的一切。程珊于是把纸条抓得很紧，似乎抓住了即将到来的明天。

肆：1945 年 8 月 13 日

29

凌晨时分，位于诸暨县城的泰南村，新四军金萧支队根据地，钱文标刚刚入睡，就被年轻的报务员叫醒。报务员告知，"唐婉"同志刚才在电波里出现，可是情况有点复杂。钱文标抓过眼镜戴上，示意继续往下讲。

"唐婉"让根据地通知浙东纵队上级，尽快组织队伍，准备进驻……

进驻去哪里？钱文标问。报务员却把电报稿直接递上，说，没了，"唐婉"同志总共发来的就是这些，而且他这次发报手法跟往常不一样，像是另外一个人在发报，又或者是换了一部电台。

呼叫他，继续等。说完钱文标起身，却看见报务员摇头，说，已经等了半个多小时，"唐婉"在电波上消失了，没有任何回音。

五分钟后，第一中队队长张翔接到通知，迅速赶到钱文标宿舍。张翔看见钱文标站在窗口，聆听窗外那片密集的蛙声。钱文标很长时间都没有转身，一直凝望辽阔的夜色，最后声音黯淡，说，许锦年可能出事了。

张翔顿时愣在那里，听见月光砸下来的声音，眼里同时呈现出支离破碎。1941 年底，当许锦年和妻子顾小芸以军统局特工的身份前往杭州潜伏时，共产党华中局则从浙西衢州调来张翔，作为他们两人的暗线交通员。那时候许锦年叫张翔"小胖"，而小胖的对外掩护身份，则是杭州中华大戏院的售票员。然而几个月后的 1942 年夏天，在那场百年罕见的浙江暴雨季节，因为要对许锦年实施一次"锄奸刺杀"，顾小芸最终倒下，倒在广济医院的门口，鲜血跟雨水混杂在一起，染红了整条街道。

张翔孤零零站在灯光下，听见隔壁电报房传来滴滴答答的发报声，声音穿透窗外那片稻田，静谧而且深远。张翔说，叫唐耳朵过来，唐耳朵的耳朵更加敏锐，她对锦年哥的发报手法也更加熟悉。

钱文标却无力地坐下，推了推滑落下来的眼镜，说，刚才送来电报的，就是唐耳朵。

简陋的房里剩下狭窄的寂静。张翔听见蟋蟀的鸣叫，来自钱文标的床底。1942 年夏天，由于军统特工唐耳朵的出现，并且要避开日本特高课间谍小野四喜对许锦年的甄别，他跟顾小芸才不得不安排那场箭在弦上的"锄奸刺杀"。直到刺杀行动结束，一切真相揭开，唐耳朵才如梦初醒，最终没有回去重庆，而是跟随张翔去了共产党在三北地区的浙东根据地，之后又辗转过来了诸暨。

此刻唐耳朵的身影再次出现在房里，张翔目光焦灼，却看见她无助地摇头。

唐耳朵说，还是没有消息。

30

许锦年走出政保局办公楼，被毛万青推上车子。他被挤在后排中间位子，左边是毛万青，右边是毛万青的随从。

车子开出一段路，毛万青声音响起，说，有个不好的消息，沈静可能出事了。许锦年听见毛万青不寻常的呼吸，飘荡在后排车厢里。他望向前挡风玻璃，看见东街路凌晨时分的路灯一片昏黄，像是打碎在碗里的鸡蛋。他说，出什么事了，是不是沈静被余一龙绑架了？

警察局的线人刚才给我打电话，说，钱塘江上发现一具尸体。毛万青将打开的车窗玻璃稍微摇上，说，线人认为死者是沈静，你觉得有这种可能吗？

许锦年几乎窒息，在深刻的忧虑中闪了闪眼，看见浑浊的街景似乎在晃荡，类似于幽暗的钱塘江。但他很快转头，望向毛万青说，站长要是觉得不可能，就不会这么大半夜过来找我。

毛万青眯起一双眼，此后便再也没有吭声。然而等到车子拐弯，毛万青却伸手掏出许锦年裤兜里露出一半的手枪，抓在手里说，线人跟我讲，那具尸体的脑袋是被子弹轰碎的。夜风涌进车窗，许锦年聆听着毛万青的声音。此时他挪了一下身子，笑着说，那估计站长是多虑了，敢向沈静开枪的人，除非是吃了豹子胆。又说，前面路口有家夜宵摊，他们的馄饨很不错，汤里放了紫菜和虾米，站长有没有兴趣？

毛万青似乎什么也没听见，只是盯着手里那把枪说，到底是不是沈静，很快就会有结果。

车子继续往前行驶，许锦年见到了那家忙碌的夜宵摊。他看见夜宵摊上冒烟的煤炉，砧板上切碎的葱花，以及钢精锅里烧开的水，一次次想把锅盖给顶开。在绵密的担忧中，他甚至有一种错觉，感觉车轮正在碾压时光，时光又仿佛在倒流，回到许多年前的另外一个凌晨。那次也是在这家夜宵摊，跟他一起过来的是妻子顾小芸，以及交通员小胖。那是一个寒冷的下雪天，小胖刚被组织派来杭州，从老家衢州坐火车赶来。那天雪落在小胖的馄饨碗里，也落在顾小芸淡蓝色的格子围巾上。顾小芸给小胖加了一点辣椒酱，也给许锦年递过去一勺米醋。她把一把钥匙交给小胖，告诉他，房子已经租好，就在拱宸桥那边。小胖馄饨吃得比较急，张开嘴巴口齿不清，笑眯眯说，嫂子你人真好，锦年哥肯定是上辈子修来的福气。许锦年于是拍了一下小胖的脑袋，说，叫你来杭州，不是过来学习拍马屁的。记住了没有？地点是在拱宸桥，你别记成你们衢州的落马桥。

许锦年想到这里便抽了抽鼻子，说，这么香的馄饨，站长难道真的不想尝一口？毛万青却打出一个悠长的哈欠，说，自己对紫菜和虾米过敏。许锦年于是淡淡地微笑，让记忆继续往前延伸。他记得那天送走小胖，东街路上的雪已经积得很厚。雪地上有个浪漫的法国人，情不自禁地拉起小提琴，然后就有沉稳的钟声在不经意间响起，来自远处灵隐寺的方向。钟声惊动法国人带来的一只贵宾犬，兴奋的贵宾犬即刻在雪地中狂奔，奔向雪花落下来的方向，仿佛一路追赶幸福的方向。这时候许锦年把伞收起，看见雪花纷纷扬扬，全都落在了顾小芸的身上。他将顾小芸揽进怀里，看见她幸福地笑了，说，许先生，恭喜我们又长了一岁。恭祝你平安！恭祝你新年快乐！

许锦年坐在车厢里，不知道车子将开往何处。此刻他似乎再次听见了 1942 年的新年钟声。钟声让他恍惚觉得，妻子就站在前面不远处，站在那个十字路口等他。他看见路口的路灯有好几盏，洒下一片光晕，如同洒下一场寂寥的雪。

31

车子并没有开去警察局，而是去了毛万青的租住地，一条对许锦年来说十分陌生的弄堂。毛万青让许锦年坐下一起打双扣，扑克牌摆上，他说，先不用急，等下线人就会送来准确的消息。

整副扑克牌抓在毛万青随从手里，一张一张分发过来。许锦年一张一张抓起，看见的是一堆毫无头绪的花花绿绿。他在整理牌面时想，昨天毛万青去过他公寓，房间里应该没有血迹。至于他车子后备厢，之前他跟钱文标也检查过，不会有什么痕迹。毛万青打出一对 3，许锦年抽出一对 6，正要出牌时却发现，手上总共有三个 6，差点被他给拆散了。他把扑克牌收回，一瞬间心中却彻底凉了。此时他终于记起，当初塞下沈静尸体的麻袋，是他之前从政保局里带回的。麻袋平常用来封存档案，上面有政保局密电科的蓝色印章。

留给自己的时间不多了，许锦年想。此时他又听见毛万青跟两个随从煞有介事地聊天，用的是他们老家的江山方言，发音稀奇古怪，他一个字也听不懂。军统局曾经有个传言，说戴笠早年有次给杭州站的毛森写信，用的就是他们江山土话的发音。那封信里戴笠让毛森重阳节去一趟杭州玉皇山，干掉某个去给家人上坟的汉奸。许锦年记得，信里的"干掉"是叫"权到"，"别带枪"是"墨杯昌"，而"扎色"，指的是"勒死"。

第一局双扣，许锦年毫无悬念地输了。他起身想付钞票，却在掏出钱包时发现，此时他已经身无分文。刚才在政保局，他把所有的钞票都给了程珊，让她连夜打车去诸暨。

门是在洗牌的时候敲响的，卫兵告诉毛万青，警察局的线人已经过来。毛万青于是出门，走去另外一间办公室。许锦年凝神，看了一眼被毛万青摆在办公桌上的手枪，心想，此时要是拿回手枪，那么当着两个随从的面，他跳窗出去也不是没有可能。也只能这样了，这是留给他的最后一线生机。

许锦年一步步向办公桌靠近，看似很随意地抓起那把手枪。但他很快就后悔了，因为枪在手里分量很轻，说明弹匣里没有子弹，子弹已经被人卸掉。门就是在这时候推开，毛万青抓着两张照片，即刻看见许锦年手里的枪。毛万青声音低沉，说，你急着拿枪干吗？

32

江阿球在杭州日租界的翠红楼里醒来，看见一只全身碧绿的鹦鹉，正脚踩他肚皮，啄食埋在他肚脐眼处的一把米。鹦鹉的腿脚颤颤巍巍，一张尖嘴呈月牙形，它每次低头啄食米粒，那种凶猛的样子，都会让躺在鸳鸯床上的江阿球经历一回胆战心惊。

此刻扬州姑娘二十四桥靠在鸳鸯床头样子妩媚，她只穿了一片绣了虎头的肚兜，全身像一截刚刚剥出来的新鲜的笋。鹦鹉在江阿球身上步子蹒跚，江阿球在它脚爪底下屏住呼吸颤抖，二十四桥笑嘻嘻地看着这一切，整个人开心得像是喝下了二两烧酒。鹦鹉是二十四桥养的，江阿球肚脐眼处的米粒也是二十四桥撒的。日租界的福海里，有许多像翠红楼这样的妓院，杭州人称它们为"长三堂子"。二十四桥是翠红楼的当红花旦，去年有个算命先生过来福海里，用鹦鹉给整条街上的小姐姑娘们啄牌算命，二十四桥对这只绿色的鸟喜欢得不得了，于是央求江阿球将它买下，送给他们翠红楼。

江阿球是昨晚来翠红楼的，来的时候屁股还没坐定，就再次跟二十四桥打听，沈静这两天到底有没有来过？二十四桥沿着一条斜线走来，然后扭扭捏捏地给他捏肩膀，捏完了肩膀又捏脚，捏着脚背说，江局长最近怎么了？每天左一个沈静右一个沈静，你是不是要找沈静吃奶？

整个杭州可能只有二十四桥知道，自从上个月开始，江阿球几乎每天都跟沈静黏黏糊糊地靠在一起。二十四桥想不明白，沈静到底是何方神圣，以至于平常人五人六的江阿球，每次见到他都是点头哈腰。

现在二十四桥攀上江阿球肩膀，咬了一下他耳朵。二十四桥下午想去国货商场买条裙子，还要买一盒双妹牌的生发油，因为她最近掉头发掉得蛮厉害。她问江阿球，下午能不能用一下你的车子？江阿球望向窗外运河，看见一条满载黄沙的机船正从拱宸桥下穿过，样子千辛万苦，犁开水面时像是有人牵着一头牛爬坡。江阿球说，只要你能帮我找到沈静，我甚至可以给你包一辆火车。他还说，去了国货商场你要使劲买，说不定再过一段时间，你手上那些中储券，还不如一堆擦屁股的草纸。

江阿球眼看着机船走远，在河面上留下一摊污浊的油迹，心里不免又想起音信全无的沈静。从上个月开始，江阿球就利用自己的方式去主动靠近沈静。靠近沈静就是靠近军统局，江阿球那时候清楚，日本人在中国已经穷途末路，所以他十分需要沈静这样的靠山。前天上午江阿球开车送沈静去了一趟孝女路，车子停住时他故意开了一句玩笑，说，你来这里是不是找许锦年？我猜许锦年是你们安插在政保局的内线。沈静没有急着下车，而是把打开的车门重新关上，凑到他耳根前说，你有一个缺点，就是喜欢多嘴，让人想起二十四桥那只令人讨厌的鹦鹉。沈静下车后让江阿球先过去翠红楼，等他谈完事以后两人在那边碰面。然而江阿球在翠红楼等了一个下午，都没有等来沈静的身影。夜里他给沈静家里打电话，电话也一直没人接。

整整两天了，江阿球觉得事情很蹊跷，沈静怎么就这样无缘无故失去了踪影？现在他认为，如果要打听沈静的消息，唯一的办法，可能就是通过许锦年。

33

许锦年在毛万青办公室整整待了一晚。早上醒来时，毛万青给他送来早点，有温热的豆浆，也有刚出炉的葱包烩。已经吃过早餐的毛万青打出一个饱嗝，坐下来跟他聊天，问他夜里睡得怎么样。许锦年就喝下一口豆浆，埋怨办公室的沙发太短，卫兵昨晚送来的枕头又太硬，让他一个晚上下来，到了现在脖子隐隐发痛。

昨晚发生的一切，最终证明是虚惊一场。警察局线人给毛万青带过来的尸体照片，死者虽然脑袋被子弹轰开，剩下坑坑洼洼的一半无法辨认，但那人身着日本军装，脖子上还挂了两枚日式勋章，显然不会是沈静。许锦年也是到了那时才想起饮弹自尽的河源太郎。河源太郎脖子瘦长，忧伤的口琴曲令人记忆深刻，他最后朝自己喉管射出一颗子弹，然后扑通一声栽进了深夜里的钱塘江。

许锦年回到公寓已经是上午 10 点。路上他在心里估算，要是没有什么意外，此时程珊已经到达诸暨，并且见到了钱文标。

只要钱文标收到他给程珊的那张纸条，关于组织新四军队伍进城的工作，应该很快就会步入实施。三天时间虽然谈不上宽裕，但也不至于很局促。毕竟跟远在江西的中央军第三战区顾祝同的部队相比，浙东根据地离杭州也算是很近了。

许锦年回到家中，绕开昨晚被踢烂的门板，就在那片被敲碎的玻璃窗前，却猛然见到坐在沙发上的江阿球。江阿球苦苦等候，一直在等待许锦年的出现。现在他起身，笑容在他脸上弯弯曲曲地生长，说，怎么会这样，锦年兄家中遭洗劫，你也应该跟我们打个招呼。许锦年彻底无奈，只能感叹，人总会遭报应，这就是当一名小汉奸的结果，还说，江局长亲临现场，是有什么吩咐？

他们把你当汉奸，那是鼠目寸光。江阿球决定开门见山，说，你我都有共同的苦衷。事已至此，我也不想跟你再隐瞒。实话跟你讲，我早就是你军统局的同事，这一切，沈静最为清楚。

许锦年盯着江阿球，看他笑容在脸上继续生长，只是生长得有点艰难。他拍打着落满灰尘的沙发，说，江局长过来，原来是为了跟我讲故事。故事要是讲完了的话，麻烦你出门左拐，小心脚下楼梯。说完许锦年退后几步，一直退到门口。他缓了一口气，却听见楼下响起一阵上楼的脚步，声音听起来十分迟缓。

许锦年转头，看见的是程珊。程珊面容憔悴，靠向身边的楼梯扶手，像是从遥远的地方赶来。

34

8 月 13 日中午 11 点左右，程珊永远记得那场炫目的阳光，以及阳光下的热浪。她记得自己坐在许锦年车上，热浪很猖狂，一排排撞向她脸颊，广阔而且滚烫。她还记得许锦年的眼中投射出冰冷的光，像两把锐利的刀子，似乎要将前方拥挤闭塞的道路给切开。路上许锦年一个字也没有说，只是在经过各个路口时一次次按响喇叭。程珊看见所有的街景一闪而过，如同迅猛的洪水。她感觉许锦年是要冲到时间的前面，而这场冲刺的终点，无疑是远在诸暨的钱文标。

昨晚程珊叫到了一辆出租车，也跟司机商量好，连夜送她去诸暨。然而车子出城没多久，机箱盖就开始冒烟，好像即刻就要起火。司机把车停下，在荒郊野外焦急忙慌捣鼓了一阵，车子却彻底抛锚了。程珊急得快要掉出眼泪。她让司机把钞票还给她，好让她回城重新再叫一辆车子。司机站在引擎盖前，一番话说得很诚恳，问她家住哪里，等到明天车子修好，自己一定过去接她，保证平安送她过去诸暨。

此刻车子越开越快，程珊坐在许锦年身边，闻到轮胎冲过夏日里的高温路面，释放出的滚烫橡胶味。她抓住头顶扶手，心想，以这样的速度，用不了几个小时，就能很快到达诸暨。这时候许锦年却突然猛踩一脚刹车，让她整个人差点飞了出去。那一刻程珊听见车轮停止旋转，与路面剧烈地摩擦，最终滑行出一段距离。

她看见许锦年从车窗中探头，使劲按响喇叭，还未等车子停稳，许锦年就对身后急忙喊了一声：小胖！

街边一辆脚踏车停下。程珊看见车座上的男人不明所以地回头，见到许锦年时即刻眼里放光，他嘴唇稍微动了一下，看样子好像是叫了一声"锦年哥"。

这天的后来，踩着脚踏车的小胖张翔跟随着许锦年的车子，一路去了程珊的家中。昨天夜里，在接到许锦年只发了一半内容的电报后，钱文标决定让张翔连夜过去杭州，实地打探许锦年的消息。张翔带了两名队员，一大早就抵达杭州。他去了许锦年的公寓，看见的是一片狼藉，接着又去政保局，发现那里空空荡荡，一个人影也没有。张翔感觉到前所未有的焦虑，认为许锦年肯定已经出事，他是在家中发报时被捕了。

在程珊家，许锦年将目前的情况做了说明。他让支队两名队员即刻赶回诸暨，通知钱文标准备队伍进城事宜。同时他让张翔留在城里，协助他完成队伍进城的其他准备工作，比如为队伍筹备中央军军服。

阳光肆无忌惮，扑向程珊家的天井。等到一切安排妥当，许锦年才发现，他跟张翔是坐在儿子许路远的房间。书桌规整得很整齐，床头灯前贴了一张照片。照片中的儿子笑容腼腆，胸前挂了一堆金色的奖牌。程珊告诉他，许路远在太庙巷小学上学，学校每年运动会上，他都能拿到各项跑步比赛的金牌。

许锦年对着照片看了很久，直到看见儿子额头的汗珠，这时候他听见张翔说，"小皮鞋"都长这么高了，他跟你一样，总是跑在别人的前面。

书桌上摆着一盒陈旧的蜡笔，总共六根，全都剩下很短的一截。许锦年于是想起，1942 年 5 月底，他跟妻子顾小芸最后一次接头时，顾小芸说要替他给儿子买一份礼物，儿子想要一盒六种颜色的蜡笔。

往事一幕一幕升起，许锦年坐在儿子床前，眼里反复出现妻子跟儿子的身影。后来他在连绵的往事中躺下，躺在儿子的床上，很快就进入一场安静的睡眠。

35

雪窦山被服厂位于广济医院附近，老板是宁波人。程珊记得，那条狭长而灰暗的弄堂里，一年四季都传来踩踏缝纫机的声音，一浪接着一浪。被服厂四周，经常飞舞着细小的棉絮，棉絮聚集到一起，在地上随风翻滚。三年前，程珊还是广济医院的实习护士，她每天清早骑车经过这条弄堂，都会碰到一批急着赶去厂区上班的缝纫女工。

这天夜里，就在夜班工人将要歇工时，程珊带许锦年出现在被服厂林老板的眼前。林老板脖子上挂着一根皮尺，皮尺两端耷拉在胸前。他戴了一副长方形镜片的老花眼镜，看人时需要把额头低下，两只眼睛十分用力。程珊说，林老板是否还记得，我姓程，路程遥远的程。三年前的那个下雪天，我来向你定做过一批棉袄，棉袄都是给孩子们穿的。林老板歪斜着脑袋，似乎想起有这么一回事。那是 1942 年 1 月，杭州城冰雪覆盖，程珊跟一个名叫顾小芸的女人，用杭州社会各界捐献过来的钞票，给附近广济医院的战争孤儿定做一批过冬的棉袄。为了救急，林老板那次辞去了手上其余的单子，也给几十件棉袄加足了棉絮。

林老板想到这里把眼镜摘下，说，程姑娘有什么指教？

我手上有个很急的单子，程珊说，三百套制服，时间很紧，不过费用不需要林老板担心。

有多急？

两天。许锦年站在程珊身后，视线从堆在墙角的一堆布匹和针线上移开，说，林老板要是愿意救急，我相信你有这样的能力。

林老板笑得像个孩子，说，三百套制服两天时间，我就是打样也来不及呀。然后等见到许锦年指给他看的登在报纸上的一张照片，他整个人又愣住了。照片是一帮靠在城墙下休息的抗战军人。林老板看着军人身上破破烂烂的军服，说，请先生另找高明，我只有一个脑袋，要是被日本人割下来，以后就长不回去了。

林老板的脑袋，以后会一直长在你脖子上，而且越长越精神。许锦年说，只要林老板接了这个单子，假以时日，或许整个杭州城的人都会感谢你。

程珊站在一旁，看见林老板十分平静的一张脸。然而她的确没有想到，仅仅是过了十分钟，瘦削的林老板就被许锦年的一番话语打动，眼里泛起一阵潮红。后来林老板送他们到弄堂口。她跟许锦年上车，张翔在启动车子时问，事情办得怎么样？程珊就摇下车窗，看见屋顶一片闪烁的星光。程珊说，三百套军服两天之内交货，林老板答应一件也不少。

　　张翔是到了后来才知道，这天许锦年曾经把林老板叫到一边，告诉他有些事情暂时不要外传。许锦年声音委婉，笼罩着林老板，说，据说你是宁波奉化人，跟咱们蒋委员长是实实在在的老乡。委员长的部队再过几天就要进城，接受日本人的投降。可惜我们第三战区的兄弟比较寒酸，如今都拿不出一件像样的军服，到时候如果衣衫褴褛地进城，难免会被小日本笑话，杭州人看着也心酸。林老板顿时十分安静，像个犯了错误的孩子，提在手上的老花眼镜也差点掉落到了地上。他眨了眨眼，说，许先生哪天带队伍进城，我一定在城门下给你们鼓掌。但你也要告诉杭州人，三百套崭新的军服，全都依赖我们雪窦山被服厂几百号女工的日夜加班。

伍：1945年8月14日

36

宪兵队长武田英夫有个保留了一年多的习惯，就是每个星期二上午，他都会准时出现在日军关门亭慰安所。

慰安所位于慈幼路泗水新村，两幢三层楼房隔出几十个单间，每个单间都用红色油漆标了号码，又在门板右上方开出一个小窗，方便过来行乐的士兵给里头递去各自领来的标牌。关门亭总共有六十多个女人，最多的是朝鲜人，剩下的则来自中国以及日本。

武田英夫不用排队，也无须领标牌，他每次只要在泗水新村一出现，负责慰安所的北野村夫中尉就会很及时地迎上来。北野身上像装了一根弹簧，总是将他异常准确地弹到武田跟前。他喜欢生吃黄瓜，一边起劲地咬碎黄瓜，一边用北海道口音的日语告诉武田一个房间号码，说，人已经过来，就在房里等他。武田放眼望去，看见整个慰安所已经人满为患，热闹得像是一个菜市场。他看见那些样子松垮的军人前赴后继地赶来，有的脸上挂着面条一样的沮丧，有的则兴致勃勃，准备抓紧时间快活一场。

205房的女人是在十五分钟前过来的，现在她坐在台灯下，听见敲门声时低头把门打开。她讲出来的日语发音生涩，只有两个字：来了？

武田坐下，闻见女人身上那股熟悉的味道，类似于水仙花在盛满清水的花盆里吐露出的一棵嫩芽。他观赏着女人的侧影，觉得她有一种优美的弧度，柔软而且饱满。女人还是上个周二那件旗袍，她抬手开始梳头时，戴在手腕上的那只翠绿色的镯子便散发出暧昧的光，似乎要将武田的心吸走。女人把头发挽到脑后，因为腰板挺直，胸部于是跟随着耸起。她背对着武田说，最近有个许先生经常过去找余一龙，时间都是在夜里。许先生好像来自政保局。

武田说，那人叫许锦年。你还知道些什么？

许锦年有个儿子，在余一龙手上，名叫许路远。他好像想带一支队伍进入杭州城，需要余一龙给他让路。

武田听完这句，心里烧起一团火。他过了一阵说，你还知道什么？女人说，据我观察，余一龙已经被许锦年说动。许锦年跟我认识的中国人很不一样。

他是戴笠军统局安插在政保局的钉子。我在陆军士官学校最为敬佩的同学小野四喜，当初就是死在他们那帮人的手上。

此时一只斑斓的蝴蝶从窗户飞进，翩翩飞向武田的肩膀。女人跟随蝴蝶的身影，走去武田身边，用爱怜的目光看着他说，你最近是不是没有睡好？我看你又多了两根白头发。

武田坐在床头，感觉女人伸手扒开他头发，在他发丛中仔细地探索。然而就在女人暗自用力，即将拔去他一根头发时，武田已经熟门熟路，轻易地解开她胸前一粒旗袍盘扣，接着又解开另外一颗。女人的呼吸渐渐模糊，不安而且温热。在那样潮起云涌的不安中，武田看见女人的身子像一条急于靠岸的船，在水面上向他漂浮过来。

如果要细数一下杭州的慰安所，武田记得总共有十三家，其中也包括位于长生路湖边村的长生楼以及鹤屋。去年春节前一天，雪停了，武田一个人过去鹤屋，看见5号房的榛子小姐坐在屋檐下，正在跟一个陌生的女人一起晒太阳聊天。榛子人长得挺瘦，肚皮上有剖宫产的伤疤。那个陌生女人样子优雅，看上去是地道的杭州人，却在跟榛子说着一口不够流利的日语。武田后来知道，陌生女人名叫梅津芳川，从小跟父亲来了杭州，父亲在拱宸桥日租界开了一家抹茶馆。可是有一年冬天父亲兴致盎然，脚踩木屐过去拱宸桥上赏雪，谁想到一不小心滑进了运河，尸首过了一个星期才浮上来。

武田问梅津芳川，小姐在哪里做事？芳川莞尔一笑，说在大同小学做辅导员。屋檐上一片积雪落下，落在武田的佐官肩章上，让三颗赫然醒目的星徽若隐若现。芳川说，家父以前来中国，其实也是为军队服务。虽然他只开了一家茶馆，但经常给日本陆军部的长官写信。芳川跟武田边走边聊，路上说起，最近因为放寒假，她在给一个孩子当家教，其实也就是做保姆。武田觉得这样的学生一定家境优越，芳川就笑了，说，孩子的父亲武田长官应该认识，就是杭州和平军司令余一龙。还说，在余司令家，他们一般叫我梅姨，也有人叫我梅老师。

为什么叫你梅姨？

因为我的日本姓氏是梅津，时间长了，我就告诉那些杭州人，我姓梅，梅花的梅。武田望向雪地里一株孤独的蜡梅，听见芳川小姐踏雪的脚步声，"咯吱咯吱"一直往前。

这天的后来，武田趴在梅姨的身上睡着了，醒来时听见梅姨的声音略带忧伤。梅姨穿上旗袍，低头扣上一粒一粒的盘扣，说，你答应过带我回日本，咱们现在还回得去吗？

现在和过去没什么两样。武田喷了喷鼻子，下床时将落在地上的斑斓蝴蝶一脚踩死，说，你不要被那些中国人迷惑。日本不会投降，永远不会。

梅姨在他的声音里释然，浅浅地笑了。一直以来，她都希望哪天能够带上父亲的骨灰，回去日本的佐贺，那是父亲生前经常念叨的家乡。这时候隔壁房间突然传来某个士兵的痛哭，士兵极度哀伤，因为战争的失败，也因为被美军原子弹所摧毁的家园。梅姨听着断断续续传来的声音，说，关于许锦年，你还需要了解什么？

关于他的全部。武田说。

武田这天比梅姨提前一步离开。他在走到门口时停住，转头时目光充满赞许，说，忘了告诉你，关于大同小学的张家喜，你上次打来的电话非常及时。我们已经将他们一网打尽，当晚就送进了宪兵队的地下监狱。

37

军服的问题解决以后，许锦年并没有在喜悦中停留多久。从昨晚开始，许多新的问题就一件一件摆在他面前：钱文标的队伍进城，人员该住在哪里？伙食该怎么安排？余一龙打开城门，是否就意味着带领和平军投诚？哪怕是一切随心所愿，杭州城还有日军一三三师团，以及武田英夫的宪兵队，这些武装到牙齿的日本人，难道就会轻易缴械？

许锦年想到这里，一下子觉得脑子很乱。将近中午时分，他给余一龙家里打去电话，约他去和平军营部见面。他想过去跟余一龙商量，等钱文标的队伍进城，人员就暂时借住在他们和平军的营房里。但他还没来得及开口，就听见余一龙在电话那头说，你肯定是跟武田英夫商量好的，武田也刚给我打来电话，此刻他就在去和平军营部的路上。

许锦年赶到和平军营部，车子刚开进大门，就看见武田英夫一身戎装，腰间挂着一把修长的军刀，据说那是天皇陛下早年亲手赐给他父亲的菊花战刀。余一龙提前一步赶到，在他的指令下，和平军士兵已经集结完毕，像高高低低的树桩一样排列在一起。此时武田英夫挥了挥手，身后的两辆卡车上，就冲下一帮黑压压的宪兵。宪兵如同席卷过来的蝗虫，顷刻间将和平军团团围住。

武田走去余一龙身边，嘴里嚼着一片薄荷，说，余司令要是不介意，接下去我想当着你的面，跟和平军兄弟敞开心扉聊几句。余一龙于是退后一步，让武田首先踩上了司令台的阶梯。

许锦年远远地看着这一幕。他看见武田在司令台上清了清嗓子，随后竖起一根手指，说，大日本帝国只听命于一个人，那就是裕仁天皇。所以首相铃木贯太郎所谓的乞降照会，那就是一句空话。说完武田在台上提着军刀深思熟虑走了几步，旁若无人地说，铃木贯太郎是日本海军的耻辱，而我现在要代表日本陆军正告你们杭州和平军，你们接下去所有人的职责，就是替天皇守牢这座城市，不得向任何一支中国军队投诚。否则带来的结果只有一个，武田细细地看了一眼站在他身边的余一龙，说，那样的结果就是身首异处，脑袋搬家。

余一龙目光虚空，望向台下那些被围住的和平军士兵，如同望向一片寒鸦鸣叫的荒野。他看见武田把头转过来，说，余司令我有一个想法，从今天开始，让宪兵队跟和平军一同参与杭州各道城门的把守，你觉得这个建议是否可行？余一龙眨了眨眼，还未来得及点头，就听见武田接着说，如果实在不行，余司令就干脆把城门交给宪兵队来把守，也省得你每天操心。

此时许锦年已经走下车厢。他听着武田把话说完，不由自主地点燃一根香烟。烟雾在他眼里散开，他看见台上的武田胸有成竹地转身，目不转睛盯着他。武田的眼里有一种寒光，投射出至高无上的压迫。于是许锦年将烟头扔到地上踩灭。隔着那段不远不近的距离，他给武田送去一抹微笑，笑容虔诚，其间还朝他竖起一根大拇指。

38

夜里，在余一龙家中，许锦年与他两人在轩然亭里喝酒。酒是许锦年之前带去的青岛啤酒，一瓶接一瓶打开，有几只空瓶子倒下，在地上歪歪斜斜地打滚。

余一龙喷出一口淡淡的酒气，说，不是我反悔，但是现在每道城门都有武田的宪兵一起把守，我余某人说了不算。

许锦年抓过一颗花生米扔进嘴里，细嚼慢咽地道，我们来猜猜看，你觉得武田还能在杭州待多久？

余一龙愣在那里不吭声，看着杯中啤酒泡沫一圈一圈逐渐散开，直到最后全都消失。

你答应过我三天。许锦年说，开弓没有回头箭，我的队伍可能已经在路上。明天进城要是宪兵队胆敢阻拦，我的想法是子弹上膛直接开火。到时候我会第一个开枪，也希望余司令的和平军能够跟上，让杭州人扬眉吐气一番。

余一龙沉吟片刻，看见梅姨带着余幼龙，端来一碟油炸的巧果。8 月 14 是旧历七夕，杭州人的乞巧节。巧果是将面皮切成方块对折，翻卷以后再放到油锅里煎炸出来的点心。余幼龙咬下一口松脆的巧果，嘴角淌出一片油，说，爹，什么是牛郎织女？余一龙随口应答：牛郎织女就是老公老婆。余幼龙于是沉思一阵，心想，自己的爹已经没有老婆，但他问许锦年，你有没有老婆？

许锦年喝下一口酒，酒杯放下时笑容淡淡地消失，说，今天很凑巧，两个光棍坐在一起喝酒。

梅姨上前一步，给许锦年续酒。她在倒酒的时候说，真是没有想到，怎么许先生的妻子也不在了。夫人难道是生了一场大病？

许锦年看见梅姨的手腕停在啤酒杯杯口，手腕上一截翠绿的镯子，映衬着底下的啤酒，散发出幽暗的光。此时余一龙跟他碰了碰杯子，余一龙说，我知道你们这些延安的共产党，满脑子干革命，最后都干成了妻离子散。

许锦年于是不再言语。他在余一龙漫长的喝酒声中转头，看见儿子许路远不知何时已经站在轩然亭外。儿子手拿一只巧果，目光充满黯淡。梅姨见状急忙朝许路远走去，路上踢到一只空酒瓶。酒瓶转了一下，梅姨跟许路远说，我们不耽误他们喝酒，我们去吴山广场，乞巧节吴山广场很热闹的。

39

电话响起时，武田正在给种养在办公室的一盆薄荷浇水。在这样一个暑气消散的夏夜，细密的水珠洒向薄荷叶片，他似乎听见娇嫩的薄荷忙着喝水的声音。早在就读士官学校时期，武田就喜爱上了嚼食薄荷，这样的嗜好，甚至也传染给了小野四喜。

武田抓起话筒，即刻听见一阵嘈杂。后来他知道，梅姨的电话是从吴山广场公用电话亭打来的。他知道每年的乞巧节，吴山广场的确会会聚很多的杭州小姐，她们叽叽喳喳围在一起，穿针引线挑花边，也就是杭州人说的赛巧。

电话里，梅姨说，许锦年是共产党，许锦年会在城门前朝宪兵开枪。武田把浇灌薄荷的水壶在电话机前放下，说，你还听见了什么？

他妻子在三年前就死了，名叫顾小芸。

顾小芸？一个熟悉得不能再熟悉的名字。武田凝神拿着话筒，过了一阵才开口：这些你是怎么知道的？

刚才来吴山广场的路上，我从许锦年儿子的嘴里得知的。

武田放下话筒，心绪难以宁静。他盯着摆在桌上的相框，相片中的小野四喜跟他站在一起，两人青春年华意气风发，身后是陆军士官学校的大门，远处耸立着一根硕大的烟囱。几十年里，士官学校为日本陆军培养了无数军官，其中也包括像小野四喜这样的楷模。当年刺杀许锦年的顾小芸竟然是许锦年的妻子，那么同一天遇难的小野四喜，其幕后凶手，就可以确定跟许锦年有关。可以逮捕许锦年了，武田想，许锦年还是共产党。然而这样的想法很快被他否决，他忽然想起，仅仅凭借目前的证据，起到的结果恰恰是出卖了梅姨。

有没有其他的办法？武田摘下一枚薄荷叶，非常仔细地询问自己。

40

张发水从死亡般的昏睡中醒来。在此之前，审讯的宪兵用五根竹签，分别扎进他右手的手指里。现在他昏昏沉沉地望向武田，看见武田眼睛里映射出一团燃烧的火，火光来自旁边一个烧红的炭炉，炭炉里有武田刚刚插进去的一块烙铁。

武田将烙铁在炭炉里翻转，好像是在烧烤一截红薯。他望向一旁的张家喜，说，我再重复一遍，事情其实很简单，只要你告诉我许锦年是你们三人小组的上线，又或者谁是你在杭州的同党，那么你年迈的父亲，就不用面对又一场灾难。

张发水气若游丝。他看见儿子把头低下，低得不能再低，儿子不吭声，显然是不愿意屈从。此时他开始想起大儿子钱文标，也想起自己养在大同小学无人照看的那群鸡，还有挂在学校门口的那截铁轨。他听见铁轨叮叮当当敲响，操场上玩耍的孩子即刻消失，仿佛被教室收了回去。

武田终于失去了耐心，觉得不能再等了。他给手下送去一把巨大的铁钳，让他去把张发水的嘴撬开。接着他从炭炉中提起那块烧红的烙铁，说，张家喜，你怎么可以这样对待自己的父亲？

张家喜把头抬起，看见父亲在铁钳面前挣扎，但这样的挣扎毫无意义。因为要躲避铁钳，父亲的额头无限仰起，但是嘴还是被撬开，露出两排灰暗的牙齿。苍老的牙齿很不整齐，因为被嚣张的铁钳一阵捣鼓，牙床上已经鲜血淋漓。此时父亲目光恐惧，向他投来短暂的一瞥，类似于一种哀求。

张家喜最终把眼睛闭上，随即听见父亲无比绝望的呻吟，声音仿佛来自地底。他知道此时武田手中的烙铁，已经毫无保留地塞进他父亲的嘴里。他听到烙铁发出一阵滋滋滋的声响，接着就闻见一股皮肉被烤熟的味道……

武田后来的审讯主要是针对丁莉。那时候他手上拿着一张化验单，走去丁莉身边时说，丁老师我想告诉你一个好消息，你昨天晕厥后的化验结果出来了。

丁莉被绑在刑架上，整个人形同脱水。她听见武田说，真的要恭喜你，原来你正在孕育一个小生命。你的孩子已经有两个月，现在可能有拳头那么大。

接着武田慢条斯理地解开丁莉衬衫下摆的第一粒扣子。他把丁莉的衬衫撩开，手伸进去，来回抚摸她光滑的肚皮，说，只要你承认许锦年是你同党，那么你和你肚里的孩子，很快就能回去，回到父亲的身边。武田这么说着，又试着去解开丁莉的腰带。这时候他听见张家喜像一只愤怒的狮子，在刑架上不顾一切地挣扎。张家喜青筋暴凸，歇斯底里地喊了一声"畜生"。武田顿时愣了一下，顷刻间又全都明白了。他看见丁莉泪水流出，蜿蜿蜒蜒，顺着脸颊下滑。这时候他干脆就把丁莉的腰带直接抽出，一把扔到了地上。他看着张家喜说，在我把你的女人脱光之前，你觉得你还能坚持多久?

41

8 月 14 日深夜 11 点 20 分，位于众安桥井字楼转角的驻杭日军宪兵队，紧闭的铁门突然打开，一瞬间冲出几辆车子。车子加大油门，气势汹汹地朝着孝女路的方向奔去。

坐在为首一辆车子副驾驶位上的，是宪兵队长武田。武田的目光一如既往地阴鸷，但他心中涌起一股窃喜。就在刚才，张家喜终于招供了。张家喜说自己不认得许锦年，但他知道杭州有个同党的确是姓许，言午许。这个人代号叫"唐婉"，家住孝女路上的一幢公寓里。

血腥扑鼻的刑讯室里，武田就坐在张家喜面前，看见这个国文老师在交代完毕后长长地松了一口气，像是完成一份生死答卷。

有这些已经足够了。武田指着笔录，说，张老师你可以签字了。恭喜你，你的女人完好如初，你为她的付出是值得的。

陆：1945 年 8 月 15 日

42

许锦年在杨公堤上跑步，由南往北，一路跑向灵隐寺方向。已经许多年了，许锦年一直坚持这样的习惯，每周至少要长跑三次。他愿意被汗水打湿，汗水经过以后，反而有更加舒爽的肢体。

杨公堤上绿树成荫，阳光被树叶遮去一半。许锦年掌握着呼吸频率，渐渐开始加速，这是当初蕙兰中学宋君复老师教他的长跑要领。8 月 15 日是许锦年跟钱文标约定进城的最后一天，或许用不了多久，他就能跟钱文标见面。在杭州三年多的潜伏生涯，无疑是一场更为艰辛的长跑，他为此付出的，何止是汗水与心血？所幸到了今天，他终于看到了终点，就像之前蕙兰中学的长跑比赛，他看到为他加油的宋老师，就站在那根红色丝带的终点线前。想到这里，许锦年的步子更加轻盈，感觉是要跑进杭州的另外一个季节。他相信在那个季节里，杭州城将翻开新的一页。

许锦年从灵隐路上折返，看见风从西湖水面上经过，吹皱一池湖水，也吹起一片银光闪闪。然而他并不知道，就在这天凌晨，当他在位于小营巷的程珊家里，躺在儿子床上入睡时，武田正带人冲去他在孝女路的公寓，想将他当场抓捕。

在孝女路 72 号公寓楼，武田带领一队宪兵，像漆黑的鱼群一般悄无声息地游向既定目标 201 室。可惜武田最终扑了一个空，在那间被邻居洗劫过的房间，他看见的是一片乱糟糟的废墟。站在悄无声息的废墟当中，武田很长时间没有回过神来，其间只是目睹了两只拼命逃窜的老鼠。离开之前，他抬脚将挡在眼前的一条桌腿踢断，然后就气急败坏着指示手下一名尉官，发布通缉令，全城搜捕许锦年。

43

夜晚到来之前，杭州城其实没有什么两样。

傍晚的西湖游船众多，雷峰塔前夕阳洒下，犹如洒下耀眼的金子。这天的大华饭店有人给八十岁的老父亲办寿宴，全家福总共拍了九张。沪杭铁路上，南下的火车到达杭州，车子"哐当"一声停住，卸下一团熙熙攘攘的旅客。位于城南的某条弄堂里，有个赤膊的男人在门前泼水，随后撑起四方桌，对着一碟臭豆腐咪下第一口老酒。这时候南屏晚钟敲响，钟声提醒杭州人，1945 年的又一个白天即将收场，夜晚已经在赶来的路上。

关于 1945 年 8 月 15 日的夜晚，许多年以后，很多杭州人都会共同陷入一场久远的回忆。回忆五颜六色，有着各式各样的版本，但总结之后就会发现，其中都有一个共同点，就是跟播放新闻的收音机有关。据说那一年市面上的收音机主要是各种品牌型号的进口洋货，比如美国的矿石收音机和电子管收音机，价格低廉的日本收音机，剩下的国产货，则大体是上海亚美公司的 1651 型五灯收音机及 1614 型四灯收音机。

不过 8 月 15 日夜里，也有少数一些在中华大戏院看电影的市民，他们的回忆跟银幕有关，所以后来讲出的故事更加滑稽，差点要让人笑掉大牙。据说那天电影放到一半，银幕上的画面突然静止，所以女演员从大腿上捋下来的黑色丝袜，一直停留在即将拐弯的膝盖处。观众忍气吞声，十分安静地盯着丝袜。可是这时候银幕一闪，肤白貌美的女演员和令人担心的丝袜一下子全没了。于是观众开始拍椅子，也开始跺脚骂娘。他们还看见白色的幕布上非常扫兴地跳出一行字幕，于是有人垂头丧气，压抑着心情读出：日本，宣布，无条件，投降！

整个中华大戏院瞬间陷入叫嚣的海洋，所有人都把迷人的电影忘记得一干二净。观众像潮水一样涌出戏院，发现延龄路和龙翔桥已经乱成一团。有人将脱下来的鞋子扔向空中，有人抓过街边商铺的钢精锅以及洗菜用的脸盆，乒乒乓乓敲打成热闹的一片。这时候有人点燃一串炮仗，恶作剧一样扔向人群中间。炮仗噼里啪啦炸开，受惊吓的人群抱头鼠窜，却一个个嘻嘻哈哈，狂笑得几乎就要断气。

44

许锦年在程珊家里，也是通过收音机收听到的消息。

跟 8 月 10 日那天不同，这天程珊家里的收音机声音十分清晰，播音员正在反复念稿，内容是裕仁天皇的《停战诏书》：

朕已饬令帝国政府通告美英中苏四国，愿意接受联合公告……如仍继续交战，则不仅导致我民族之灭亡，并将破坏人类之文明。如此，朕将何以保全亿兆赤子，陈谢于皇祖皇宗之神灵……

许锦年不会忘记，这天的电台里，总共有一男一女两个播音员在轮番播报。他们每次开头的第一句，都是日本宣布无条件投降，天皇向全日本发布《停战诏书》，内容如下……

收音机一直开着，许锦年沉默地点了一根烟，走去程珊家的天井。他在万籁俱寂中缓缓抽了一口，看见烟头明灭，烟雾在星光下升起，又如久远的往事一样散去。此时家中只有他一人，许锦年感觉夜幕很淡，夜幕中他形单影只，无法跟人分享此刻的悲欢交集。然后他想起了钱文标，他希望钱文标就在过来小营巷的路上。他想假设现在钱文标出现在他面前，两人是否会欢笑，欢笑到泪水涟涟？

45

张翔和程珊是在夜里 10 点回到小营巷的。在此之前，他们一直在雪窦山被服厂，督促林老板为三百套军服加班加点。张翔开了一辆租来的卡车，车斗上堆满军服。但是路上堵得一塌糊涂，到处都是上街欢庆的人群。车子停在路口，张翔和程珊在人群中奔突。张翔穿过人群的缝隙，又穿过那条灯火明亮的弄堂，最终冲进程珊家中时，发现钱文标已经提前一步赶到，站在他身边的是负责给他带路的两名根据地游击队队员。

张翔顾不上寒暄，跟钱文标说三百套军服一件不少，路上他听人讲，各个城门前的宪兵已经灰溜溜撤岗，此时让根据地队伍换上军服进城，是天上掉下来的最好不过的时机。

钱文标坐在天井沿一声不吭，眼睛望向自己的鞋尖。张翔说，钱政委你倒是说话呀，你带来的队伍准备进哪个城门？这时候许锦年把抽了一半的香烟使劲掐灭，咬了咬牙根，说，张翔你再问他一百句，还不如听我一句。你去把那些军服给烧了，什么都不用留。

程珊愣住，看见天井里夜幕洒下，广阔到令她窒息。她想问一句，到底是发生了什么事，此时许锦年又压抑住声音喊出一句：张翔你是不是聋了？我让你出去，去把军服给烧了。

许锦年的声音犹如一块砸过来的铁，程珊身子抖了一下，好像看见许路远房里的灯光也跟着闪了一下。灯光折射在许锦年脸上，呈现前所未有的灰暗。这时候钱文标终于站起，声音精疲力竭。钱文标说，收复杭州的计划已经取消，这是组织做出的最新决定，我们必须服从……

这时候电台里传来《国际歌》的声音，雄壮的歌曲，一下子将所有人淹没：

起来，饥寒交迫的奴隶，
起来，全世界受苦的人，

满腔的热血已经沸腾，
要为真理而斗争！

46

杭州已经陷入欢乐的海洋，街上人群沸腾，注定是一个不眠的夜晚。

此时余一龙的家中，再次被烟花和炮仗所占领。炮仗升空时，余一龙见到了自己的岳父，岳父是被许锦年送来的，腿脚看上去已经比较利索。许锦年站在门口，说，不耽误余司令一家人团聚，我也过来带我儿子回家。余一龙觉得许锦年神情呆滞，就像一截晒干的木头。他问许锦年，你什么意思？不知道的人还以为你是过来奔丧。许锦年就挤出一点笑容，说，这几天打扰了，队伍进城的事情，麻烦你把它忘了，你就当作我什么都没说。

说完，许锦年牵起儿子许路远的手，两人一声不吭地跨过那道门槛。余一龙彻底蒙了，说，许锦年你给我回来，天大的事情你就不能多待两分钟？许锦年走出几步停住，肩膀往下松弛，最终还是没有回头，只是朝余一龙挥了挥手。此时余幼龙又开始叫喊：许路远你不要走，许路远你给我回来！

47

我是许路远，那天我上了父亲的车子，感觉父亲十分疲惫，脸上写满忧伤。

车子开得十分缓慢，街上到处都是喜庆的人群，掀起一股又一股的热浪，我虽然坐在车厢后排，却一直不敢把车窗打开，怕影响到父亲。盯着父亲沉默的背影，我心里很难受，却不知道到底发生了什么。父亲扶着方向盘，人潮拥挤，在车边来来往往，他经常是走一步停一步，路上却一直没有按响过喇叭。

后来车子离开喧嚣的市区，道路渐渐变得宽广。这时候我鼓起勇气问父亲，我们这是要去哪里？父亲的声音从前排飘过来，说，到了你就知道了。不过我是真的没有想到，父亲后来带我去的地方，竟然是杭州殡仪馆，阴森而且肃穆。在殡仪馆附近一家灯光昏暗的小酒馆，父亲跟老板要了几瓶啤酒，还随便点了两三个菜。酒瓶"啪嗒"一声打开，父亲往嘴里灌了一口酒，说，知道为什么来这里吗？我十分茫然，不明所以地摇头，听见他又说，以前我想你妈妈的时候，就会一个人过来这里喝酒，这里的老板跟我很熟。我说，爸爸你为什么要来这里喝酒？他转头，透过洞开的窗户，望向远处一截高大的烟囱，说，你妈妈死的时候，就是在那里火化的……说完父亲仰头，一口气差不多喝下了半瓶啤酒，然后他才抹了一把嘴说，爸爸只有坐在这里，才能觉得跟你妈妈靠得很近。爸爸想你妈妈。爸爸跟你一样，想你妈妈的时候，又不能跟其他人说。

我眼睛一下子就模糊了，鼻子很酸，一下子想起跟妈妈在一起的许多事情。在广济医院，妈妈把我寄养在孤儿群里，她每个星期偷偷过来看我一次，给我带一些零食，帮我剪头发，有次还给我带来一盒六种颜色的蜡笔，说是送给我的礼物。但即使是那样，妈妈也不允许我叫她妈妈，只是叫她阿姨。妈妈说怕我叫习惯了，以后当着别人的面改不了口。

父亲又打开一瓶啤酒，还让老板拿来一个空酒杯。他把啤酒倒进杯中，在一股啤酒花的香味里，我看到啤酒冒泡，沿着杯口迅速上升。父亲说，把这杯酒洒在地上，你敬你妈妈一杯。我犹豫了一下，说，妈妈也会喝酒吗？父亲眨了眨眼睛，说，你敬妈妈的酒，妈妈会喝的。还说，你给妈妈敬酒的时候，要告诉她抗战结束了，我们胜利了，日本人已经投降了。

我蹲在地上，听见山风吹过我的脖子，最后吹向身边一堆细小的泥沙。我把酒洒在地上，一点一点洒得很慢。我说，妈妈，我是许路远，爸爸带我来看你了，爸爸叫我敬你一杯酒。酒在地上洒出一个半圆的形状，慢慢被干燥的泥沙吸走。这时候父亲点燃一根香烟，但他只抽了一口，就不停地咳嗽。我说，爸爸你能不能不要抽烟？抽烟让你咳嗽，抽烟对你的肺不好。余幼龙的爸爸就不抽烟，所以他不会咳嗽。父亲举着那根香烟，好像很珍惜，不忍心让它熄灭。我说，爸爸你为什么这么伤心？日本人投降了，所有的杭州人都很开心，只有你一个人这么伤心。这时候父亲就苦涩地笑了笑，说，以后你会懂的。你刚才给妈妈敬酒时，我还在心里跟她说，可惜我们没有成为这座城市的主人。

父亲的话的确让我似懂非懂。我看见酒店的老板搬了一条凳子，就坐在门口那盏灯下。老板像是在自言自语，说，伤心的时候最好不要喝酒，因为喝酒容易让人伤心。

我于是偷偷地看一眼父亲，看见他端起杯子，脖子一仰又把所有的酒喝光。

那天的后来，我坐在父亲身边睡着了。等我醒来时，我发现自己趴在父亲的背上，父亲背着我，一路走向停在远处的车子。父亲说，你刚才是不是在做梦，你在梦里喊了几声妈妈。我看见月光很淡，月光洒在路上，像是甩出去一层乳白色的纱布。我从父亲背上跳下，听见山风吹拂，突然很想跑步，也想起妈妈以前跟我讲过的一个故事。我说，爸爸，你知不知道有个运动员名叫刘长春？他跑步跑得很快，有一年来杭州参加比赛，拿了很多金牌。杭州有条长春路，用的就是刘长春的名字。

父亲开心地笑了，这是那天晚上我第一次看见他笑。他说，刘长春的教练名叫宋君复，爸爸也是宋老师的学生。我半信半疑，说，爸爸是不是在吹牛？父亲就说，看来有些故事，妈妈还没来得及告诉你。

父亲后来给我讲的故事，我这辈子一直记在心里。父亲说，刘长春来杭州参加全国运动会，是在十五年前。那次他从领奖台上下来，父亲想跟他合影，最后是《东南日报》的一名摄影记者帮他们拍下了这张照片。记者跟父亲说，这张照片很有意义，我知道你以前是蕙兰中学田径队的，你叫许锦年，你也跟宋君复老师练过长跑。父亲很诧异，奇怪对方竟然知道得这么清楚。记者就说她以前是蕙兰女中的，学校每年运动会，每次长跑比赛，她都会在田径场上给运动员加油。父亲问她怎么称呼？记者说，我姓顾，照顾的顾，你明天过来《东南日报》取照片，就说找摄影部记者顾小芸……

1945 年 8 月 15 日的最后半个小时，在杭州城看不到尽头的喧闹中，我跟父亲回到了程珊姨娘的家中。姨娘一把将我抱进怀里，喜悦让她掉下一行清凉的泪水。那时候我突然觉得，这么多年辛苦养育我的姨娘，仿佛是我的第二个母亲。

许多年以后，关于父亲在杭州所经历的这段鲜为人知的历史，我在一位共和国将军的回忆录里找到了其中的背景佐证。在那本为纪念中国人民解放军建军八十周年而再次出版的回忆录里，骁勇善战的粟裕将军是这么写的：

（一九四五年八月）十二日军部来命令要我们立即行动，控制京沪杭要道，并占领上海、南京、杭州三大城市。号召解放区军民和沦陷区同胞迅速行动起来，为迫使日伪投降，收复华中全部国土而战……但是，蒋介石在美帝国主义支持下利用海空优势强运军队，抢占大城市和交通要道。中央和华中局原来的破敌、收京、入沪、配合盟军登陆的部署，已同这种形势不相适应。同日中央来电改变华中部署，指示"江南力量就现地向四周发展，夺取广大乡村及许多县城，准备内战战场，江南各大城市不作占领打算"。

的确，正如钱文标伯伯所言，浙东根据地放弃收复杭州城，不仅是当时华中局的部署，更是延安中央方面的最高指示。为此，父亲之前哪怕是做了再大的努力，也必须不折不扣地执行命令……

说起了钱文标伯伯，有件事情我差点忘了。我第一次见到他，就是在 1945 年 8 月 15 日的夜里。那天在程珊姨娘家，他跟张翔叔叔已经等我父亲等了很久。他们两人刚从大同小学回来，回来以后就一直闷声不语。后来张翔叔叔把我父亲拉到一边，好像跟他说了一件很重要的事情。于是我发现父亲忧心忡忡，心情再次变得凝重。几天后我才知道，钱文标伯伯和张翔叔叔去大同小学，是想找一个名叫张家喜的国文老师。可是那天他们赶到学校时，发现张老师的宿舍房里一片狼藉，几只鸡在床上做窝，生下来的鸡蛋也好几天没有人去收。所以那时候张翔叔叔判断，张家喜可能是被捕了，需要打听他的去向，然后设法予以营救……

我最后要说的是，8 月 15 日这天夜里，父亲已经做好了离开杭州，带我前去浙东根据地的打算。日本人已经投降，这么多年深入日伪的潜伏生涯下来，父亲很累，真的想结束了。他想回去根据地休整一段时间，呼吸一下轻松和自由的空气，也让我们这个早就破碎的家庭，他跟我这个失踪了三年的儿子，好好团聚在一起。但是父亲最终还是留下了，至于他留下来的原因，是否因为去向不明的张家喜，还是另有任务，我就不得而知了。

　　总之，父亲这一辈子一直在奔波。他就像一台无法停止运作的机器。有时候虽然螺丝和螺帽磨损松脱了，但是你用螺丝刀和扳手切一切紧一紧，或者当场拆开来换上一个新的零部件，然后等到电源再次接通时，车间里的机器就又开始轰鸣了。

柒

48

庆祝抗战胜利的狂欢持续了三天三夜，喜庆与热闹却几乎跟许锦年无关。由于他在军统局资历深厚，重庆总部和毛万青又对他信任有加，所以共产党华中局特情部决定让他继续留在杭州，在开展下一阶段潜伏工作的同时，力求进一步扩展共产党在杭州的有生力量。那几天许锦年一直待在公寓里，重新修葺损毁的房间。他每天都对充斥全城的狂欢充耳不闻，只是在出去跑步时，才偶尔经过一下喧嚣的街市。

延龄路和钱塘路上人如潮涌锣鼓喧天，爆竹声此起彼伏，传单也跟雪片一样飞舞。许锦年每次都走在街边，站在人群外围，像是远离看台的观众。有次他想买一份报纸，赤脚的报童笑呵呵地递给他一份，却怎么也不愿意收他钞票。后来他从欢庆队伍的尾巴中穿过，看见许多人心情复杂地互道恭喜。他们彼此间相互恭喜的，是恭喜对方跟自己，依旧还活着。

各种各样的庆祝活动一时之间踊跃登场，那天的国货商场门口，突然挂下一幅蒋介石的巨幅画像，面积超过许多张拼接起来的床单。许锦年跑步经过商场，站在街道对面，看见委员长一身戎装笑容亲切，双手按着一把直立的军刀，目光望向远处一片蔚蓝的天空。再次跑动起来的时候，许锦年一次次告诉自己，现在杭州是委员长的，整个天下也全都是委员长的。

这样的日子里许锦年依旧失眠，闭上眼睛就如同躺在别人的床上，翻来覆去跟睡眠做斗争，却从来没有赢的希望。很多次他在深夜里起床，试图用香烟驱赶漫长的时光。可是一旦到了清晨，他整个人又昏昏沉沉的，眼睛干涩而且眼角发痒，忍不住要一次次去揉搓。

等到房间修葺结束，许锦年就去西湖警察分局，想找他们的侦缉队长"哈尔滨"。那天张翔告诉他张家喜失踪，他才知道原来杭州还有"拱宸桥三人小组"的存在。他当然理解组织的意图，将自己和三人小组之间割断联系分成两条平行线，那是出于各自的安全考虑。现在许锦年经过分析以后判断，8月10日夜里"哈尔滨"他们在西湖边封锁路段，帮助宪兵队搜捕激进分子，所针对的人员可能就是张家喜。张家喜是钱文标的弟弟，跟他一起失踪的还有两人的父亲张发水。想到这些，许锦年就如坐针毡，急于想找到"哈尔滨"，去跟他核实相关的信息。

警察局铁门紧锁，许锦年连着去了三次，也没有见到一个人影。事实上从日本无条件投降的信息发布，杭州各单位人员就基本上把伪政府的办公室给抛弃了，一个个避之唯恐不及。许锦年后来听说，西湖分局局长在8月16日举家搬迁出杭州，据说走的时候非常慷慨，将一箱花花绿绿的中储券一张不剩地分给了家中的用人。然而时间过了不到两天，用人手上一百元面值的中储券，还不足以兑换市面上的十五元法币。

8月19日，张翔来了一趟孝女路，告诉许锦年街上已经渐渐安静，他也租好了房子，步行到这里只需十五分钟左右。依照浙东根据地的安排，张翔也留在杭州，作为许锦年开展下一阶段工作的帮手。事实上张翔对杭州很熟悉，三年前他就是许锦年和顾小芸的交通员，其明面身份是中华大戏院的售票员。那时候顾小芸每个星期五都要去中华大戏院，买一张晚上7点场的电影票。张翔记得顾小芸牺牲前最后一次到戏院，自己在窗口里递给她的影票是六排九号，那是在暗示她：许锦年约她在星期六上午九点见面。

现在张翔看见许锦年抱着一个水壶，眼睛凑到壶口，升腾的蒸汽在他眼角和额头凝结成细密的水珠。张翔已经知道许锦年经常失眠，医生告知他对付失眠引起的干眼症，最便捷的方法就是眼部熏蒸。

许锦年把水壶放下，一双眼睛潮红，像是流了一场泪。他把眼睛擦干，心想该给张翔安排一个恰当的潜伏身份了，因为接下去的路子会很长。至于这段路会有多长，说实在的，许锦年根本无法预料。他想，可能只有仁慈的上天会知道。

49

"哈尔滨"这天上午打开西湖警察分局大门，感觉像是面对一家歇业多时的酒店。他在分局里面走来走去，几乎把所有的区域都走了一遍，最后走进的，是已经确定不会再有主人出现的局长办公室。他把窗帘拉开，看见阳光急不可待地涌进，阳光下还飞舞着许多细小的灰尘颗粒。"哈尔滨"目光悠远，将整间办公室静悄悄环视了一遍，像是对它们的深情抚摸。然后他就开始考虑，是不是要将眼前那张豪华气派的牛皮沙发搬去自己的家里？

牛皮沙发有着高贵的棕色，产自遥远的德国。"哈尔滨"一直喜欢它丝绸一般的光滑，也喜欢它恰到好处的冬暖夏凉，对屁股和身体的照顾从来不打折扣。他记得有次局长中午请他喝酒，他喝多了以后躺在进口沙发上午睡，结果等他醒来时，局长伸手向他要钱。局长说，睡在这样的高级沙发上，一个小时的价值差不多是两百块钱。"哈尔滨"于是很认真地问，局长您确定，两百块钱真的就够了？

现在"哈尔滨"抓起局长留在桌上的名片，翻来覆去看了好几眼。然后他兴冲冲地划亮一根火柴，瞬间将名片点燃，接着又借用燃烧的火苗点燃咬在嘴里的香烟。"哈尔滨"晃了晃开始烫手的名片，看见火苗渐次熄灭，最后苟延残喘。他略抽了一口香烟，就发现名片上局长那原本烫金的名字，此时已经悄无声息地化成一缕袅娜的青烟。

烟雾开始消散，"哈尔滨"像是功德圆满地转头，却在这时冷不丁见到了站在门口的许锦年。因为逆光，许锦年的身影笼罩在一片白茫茫的光晕中，像是在某部侦探电影中出现，而他就是那部电影的主演。"哈尔滨"使劲眨了眨眼睛，发现许锦年的身后还站着另外一个人，那家伙看上去样子比较憨厚。

"哈尔滨"第一时间将一双脚搭上局长办公桌，说，许科长我们有多久没见面了？你们两个静悄悄站在那里，我还以为是尊敬的福尔摩斯和他助手约翰·华生。说完他朝许锦年很豪爽地砸过去一根香烟，并且埋怨刚才翻遍了整间办公室，却连雪茄屁股也没见到一个。

许锦年将砸过来的香烟抬手挡开，说，我现在不叫许科长，就像你现在也已经不叫哈队长。"哈尔滨"闻听这番话，就很不情愿地将警帽摘下，又无比怜惜地注视上面的警徽。"哈尔滨"说，那许科长家缺不缺牛皮沙发？这里正好有一张。我要不要等下就让人替你抬过去？

仅仅过了一个小时，"哈尔滨"就在局长办公室把自己喝高了。酒菜是隔壁酒店送来的，荤素搭配，其中有汪刺鱼炖豆腐，加了韭菜和紫苏。"哈尔滨"朝嘴里塞进一块娇嫩的豆腐，等它在嘴里化开以后说，我想回老家，我都已经买好了北上的火车票。要么我去上海，不知道上海还有没有租界，你说租界里给警察发的薪水，每个月到底有多少？

你哪里都不用去，许锦年放下筷子，说，你就给我留在杭州，接下去我负责罩着你。

"哈尔滨"即刻喷出一口酒，几乎喷在了坐他身边的张翔的脸上。他说，许科长准备用什么东西罩着我？是用你手里的酒碗呢，还是用我们上次去萧山钓鱼时的海捞网？

许锦年于是不慌不忙，从兜里掏出一张皱巴巴的证件，非常大方地摆在了桌上。那时候"哈尔滨"只是看了一眼，喝下去的酒顿时就清醒了一半。他看见证件上贴着许锦年一枚发黄的相片，相片右下角盖的印章，分明是"国民政府军事调查统计局"。这时候"哈尔滨"十分庄重地望向许锦年，又回头再看一眼那张如假包换的相片，最后他终于稀里糊涂地笑了，说，谢天谢地谢如来佛祖，请问老哥这是哪一年的证件？兄弟我真是要提醒你一句，你苍老的速度好像只比子弹慢了一点，我猜你肯定是得罪过岁月。

许锦年慢条斯理地把证件塞回到兜里。他声音很认真，说，我再重复一遍，你哪里都不用去，你就给我留在杭州。在中央军和新任命的市长进城之前，杭州有很多事情，现在我大致上还是可以说了算的。

"哈尔滨"咕咚一声把酒喝光，声音豪爽地说，成交。然后他在心里做出一个决定，决定要把远在东北老家的亲娘和妹妹接来杭州，让他们好好见识一下江南水乡。这时候许锦年用筷子指了指坐他对面的张翔，说，我这个表弟姓张，弓长张，人家叫他小胖。你要是把警察局重新开张，你就是新上任的哈副局长，我可以让我表弟留在这里帮你。

张翔于是马上就给"哈尔滨"倒酒，连声叫他哈副局长。"哈尔滨"也重重地拍了拍他肩膀。"哈尔滨"卷着舌头说，张小胖你其实并不胖，你今年贵庚？我有个妹妹还没有找到对象。我妹妹样子很标致的，她去年参加东三省秋季花冠选美，一不小心就闯进了决赛……

50

一场雷雨在傍晚时分到达。电闪雷鸣过后，许锦年站在程珊家的天井口，看见急骤的雨点砸落，飞扬起一片热浪，携裹着泥腥味。中午喝酒时，他已经从"哈尔滨"嘴里得知，8月10日那天西湖边的拦路封锁，武田宪兵队所抓捕的人员，的确就是张家喜他们。就此许锦年没有耽搁，他下午就约江阿球见面，地点就在已经关门大吉的政保局。

在密电科办公室，许锦年把窗打开，说，江局长，其实真正要找你的人是毛站长毛万青，我只是个传声筒。江阿球听闻毛万青的名字，一下子面色铁青，但他随即又笑得五颜六色，说许科长终于承认了自己是军统，这样我们的交流就没有了障碍。说完他打开带来的手提包，从里头掏出一个日记本，说，上次在你房里，我跟你提到了沈静，你可能觉得我是在跟你胡扯，但你只要看过了这日记本就会觉得水落石出，因为我跟沈静沈队长之间交心交肺的来往，这里头记载得非常详细。

许锦年接过日记本随便翻看了几眼，说，日记本我会留着，不过这上面的东西都是你自己写的，是真是假，到时候还需要沈静来核实。

你能不能帮我引荐一下毛站长？

许锦年摇头，说，毛站长哪能这么轻易露面，日本人刚刚投降，他的安保工作还是做得很扎实的。实话跟你讲，我也不知道他平常会在哪里。每次只有他召唤我，而我却不可能联系到他，我也只是一枚听人差使的棋子。

可是……

你的担忧我知道，但是江局长你也不用急，以前的事情真真假假都不重要，重要的是看以后。说完许锦年提了一把椅子，在江阿球对面坐下，说，毛站长让我跟你打听一个事情，武田队长是不是抓了几个共党分子？

没错。是有这么一回事。江阿球说武田总共抓了三个共产党，是 8 月 10 日那天抓的。这事情我那日记本上有记录，我当初还想让武田把人员移交给我，我再伺机交给咱们军统局。我在这方面还是弄得灵清的。这些大大小小的事情我都有白纸黑字记着，目的就是日后方便跟毛站长他们汇报解释。

许锦年点头，说，很好，那就麻烦江局长再跑一趟宪兵队，把人员移交的事情给落实了。毛站长说，我们接下去最大的敌人也是唯一的敌人就是共产党，我们需要充分了解共产党下一步的企图。他让我给你带话，希望你利用好当初跟武田之间的关系，他说只要你迷途知返，其实上岸的机会还是很多的，毕竟天无绝人之路嘛。

江阿球脑袋晃了一下，又急忙收住。他想起自己那次跟武田闹得不欢而散，就觉得这事情实在有点难办。但这时候他看见许锦年随手抓过一块抹布，开始专心致志地擦拭起皮鞋。许锦年说，杭州的肃奸工作马上就要开始，毛站长那边正在起草汉奸名单。他昨天还跟我讲，要不要把江局长的名字列上去，他目前也觉得很为难。既然这样，江局长要利用好这次机会。你就跟武田讲，他只有把张家喜尽快移交过来，才能争取国民政府日后对战俘进行处置时，对他予以宽大处理。

许锦年这么说完，江阿球的眉头渐渐舒展。江阿球说，那我就过去再试一试吧。还说，你以后不用再叫我局长，再叫我局长我都要钻到地底下去了。

51

张翔踩着一路的雨点过来小营巷，那时候程珊正在灶披间里炒菜，许路远则在预习下学期的国文课本，因为再过几天就要开学。张翔穿着一身崭新的警服，下午"哈尔滨"带他去了电话公司、水产公司、酒店协会几个单位，并且顺便走访了几条街道。一路上"哈尔滨"都跟人介绍，警察局已经跟日本人划清界限，回归到国民政府的手中，说，张翔警官是新上任的警官，张警官以后会亲力亲为，确保一方平安。

饭菜端上餐桌，程珊解下围裙时，看见许锦年他们已经在等她入座。程珊看着眼前的三个男人，心里一下子很充实，感觉有一种油盐酱醋居家过日子的气息。

许路远一直注视张翔的警服，奇怪他怎么摇身一变成了威武的警察。他问张翔，警察局有没有给你发枪？你把枪拿出来给我看看。这时候许锦年夹了一些笋干送到他碗里，碰巧程珊也正好给他夹来一片红烧肉。许路远看见两双筷子撞在一起，然后程珊姨娘愣了一下，很快就面色紧张地把筷子缩了回去。

许路远笑了，偷偷看一眼程珊，又看一眼好像什么也没发生过的父亲。他还看见张翔一双眼睛瞪着他说，吃饭的时候不许笑。许路远于是继续笑，说，小胖叔叔你也在笑，你笑起来就不像警察了，因为警察从来都不会笑。

许锦年是在程珊收拾好洗干净的碗筷时将她叫到了一边。程珊一双手在围裙上擦拭，听见他说，从明天开始，我跟张翔就不过来这里了，以后大家尽量不要见面。程珊一阵惊讶，问他为什么。许锦年说，为了大家的安全，你应该明白我的意思。

程珊心里一紧，忍不住把头转过去，看见房里的许路远正在台灯下查字典。此时夜幕一点一点降临，夜色涌进雨水浸泡过的天井，跟那些升腾的水雾纠缠在一起。程珊声音很轻，说，你不跟许路远说一声吗？许锦年不吭声，随手掏出兜里的香烟，以及一盒压扁的火柴。他抽出一支香烟想要点燃时，想了想又很勉强地塞了回去。许锦年说，我一直是个不合格的父亲，谢谢你这么多年帮我照顾孩子……

程珊觉得鼻子有点酸，说，我以后可以带他过去看你吗？

许锦年落寞地笑笑，翻转着手里压扁的火柴盒，说，有事情可以打电话。

这天程珊并没有给许锦年和张翔送行，在陪许路远做预习作业的时候，她很清晰地听见两人离开的声音。那时候门板"吱呀"一声合上，程珊看见许路远正在作业本上用"孤独"一词造句。许路远写下的一句是"爸爸抽烟的时候很孤独"，但他想了想，又很快拿起橡皮把句子擦去。程珊问他怎么了，许路远就在灯光下抬头，说，姨娘，我是不是不能让人知道我有爸爸？

程珊过了一阵才缓过神来，听见许路远又说，姨娘，爸爸刚才是不是走了？

52

江阿球拖拖拉拉，一直拖到 8 月 21 日，才最终决定过去宪兵队。过去之前，江阿球特意去了一趟国货商场，买了一面袖珍型的国旗。这种别出心裁的小旗子最近很紧俏，杭州城前几天曾经卖到脱销，许多人都举着它摇来晃去地游街。

上车前，江阿球终归还是有点心绪不宁，怕被藐视他的武田挡在宪兵队门外。后来他抬头望向商场穹门顶的蒋介石巨幅画像，直到跟委员长四目相对，发觉委员长笑容和善时，心里才涌起一股磅礴的力量。

宪兵队路口的铁丝网路障已经撤除，现在也没有哪个宪兵愿意出门。事实上他们也不敢出门，因为一旦在街上出现，面对的就是对他们拳打脚踢扔瓶子的杭州市民。江阿球好不容易进门，在武田办公室坐下，坐在那盆碧绿的薄荷前。他细细地看了武田一眼，觉得几天不见，这个日本人正在迅速消瘦，消瘦得只剩下脸上的皱纹。

武田队长看开一点，胜负乃兵家常事，再说失败和投降又不是你的责任。说完江阿球饶有兴致地摇晃着手里的那面旗。小旗微微飘扬，江阿球摇晃得津津有味。他盯着沉默不语的武田说，我今天过来，还是想跟你聊一聊，关于被羁押在你这里的张家喜他们。

武田微闭的目光渐渐散开，却变得更加锋利。他听见江阿球说，请武田队长审时度势，你现在也难得清净一回，何必再去管共党的事情？你把人员移交给我这边，算是轻而易举的顺水人情。

江局长说的这边是指哪边？

当然是军统局。江阿球说完，举起那面小旗竹签一样的旗杆，认认真真地插进了武田种植薄荷的陶瓷花盆中。于是幼小的青天白日旗跟绿油油的薄荷长在了一起，像是飘扬在郁郁葱葱的丛山密林里。

你是什么时候跟军统局勾搭上的？武田的眉头皱成三角形。

这个说来话长，长得像一部连载小说。江阿球跷起二郎腿，说，不过今天让我过来的人是许锦年，咱们之前对他的判断十分准确，他的确是军统，资历很不一般的军统。

武田一下子被江阿球给逗笑了，皱纹也消散了许多。他起身抓起那面青天白日旗，旗杆下连带着许多泥沙。然后他走去江阿球身边，将旗子不容置疑地插进他衬衫胸前的口袋。武田说，江阿球，你就是一只被人踢来踢去的球。我以前说的没错，你的确不是许锦年的对手。

江阿球抓了一把额头，想不明白武田到底是什么意思。这时候他听见武田说，许锦年是共党，他跟张家喜是一伙的。我要是把张家喜给你，你再转身交去他手里，我就怕你这只军统局的看家狗，最终成了吃里爬外，被人卖了还帮人数钱。

江阿球后来孤单地站在宪兵队门外，被灼热的阳光晒得迷迷糊糊。他想，武田不愿意交人就算了，何必编织如此荒唐的理由，告诉他许锦年是共党。

总之江阿球很失望，也很惆怅。

53

江阿球不会知道，就在他去找武田的那个下午，许锦年也正好过去余一龙府上。余一龙已经好几天没有见到许锦年，心里还真有点想他。他躺在太师椅上摇头晃脑地听戏，听的是余叔岩的《空城计》："西城的街道打扫净，预备着司马好屯兵。"等到诸葛亮咿咿呀呀唱完，余一龙把唱机音量关小，说，现在杭州城所有的城门为你敞开，你那个队伍就是爬也应该爬进来了。许锦年却上前捞起唱针，直接让曲调声停止，说，起来，我带你去一个地方。

车子七拐八拐，余一龙最终跟着许锦年走进一条幽深的弄堂，直到踩进一道有着众人把守的门槛，他才见到了正在喝茶听收音机的毛万青。收音机里正在广播《抗战胜利告全国军民及全世界人士书》。毛万青把小巧的杯子放下，盯着许锦年道，你怎么把余司令给带来了？许锦年说，是余司令自己要过来见你，我拦也拦不住。余司令说当初你让我跟沈静千方百计过去找他，现在他过来找你，算是回礼，也算是赔礼。

　　按照许锦年事先的交代，余一龙给毛万青送去的是杭州和平军的一堆事无巨细的资料，其中涵盖队伍人员及枪支弹药数量，林林总总几十名大小军官的姓名及家庭住址，甚至还包括截至8月中旬，伙房里剩下的大米和粮油的库存量。

　　厚厚的本子在毛万青眼前打开，飘荡着新鲜墨迹的芳香。毛万青只是潦草翻了几页，就赞扬余一龙做事情地道靠谱，有着军人的风格。余一龙很惭愧，说，自打日本人进城，一晃八年时间过去了，如今自己也该清醒了。还说，在中央军接管杭州城之前，毛站长你就是我心目中的杭州市市长。

　　许锦年却似乎不相信这一套，他说，好听的话可以一天一天慢慢讲，我们关键看你接下去怎么做。

　　余一龙回答，你们让我怎么做都行。

　　许锦年就看了一眼毛万青，说，其实很简单，也就是两件事情：一是共党分子不能进城，二是日本人不能出城。

　　余一龙爽快地说了一声"明白"，还请毛站长放心。毛万青顿时笑了，说，你们两个是不是在给我演戏？但是有余司令今天一番话，杭州城我放心。

回去的路上，轮到余一龙开车。许锦年试着闭了一下眼睛，结果很快就睡着了。醒来时，他看见华灯初上，车子正停在西湖饭店门口。门口妖艳的霓虹灯流光溢彩，而刚刚降临的夜风又吹来令人迷醉的酒香，好像是绍兴花雕的味道。许锦年说，余一龙你跟我讲实话，你是不是想请我喝酒？

余一龙别出心裁地吹出一声不成调的口哨，说，从此以后我不再是被人指桑骂槐的汉奸，汉奸两个字刚才已经被你从我脸上抹去。那么一个不是汉奸的人请你光明正大地喝酒，难道你还忍心拒绝？

许锦年于是笑了，说，论喝酒，估计你不是我的对手。

在一个金碧辉煌的包厢，余一龙放开了手脚喝酒，酒量竟然好得让自己不可想象。后来他觉得窗外的夜色很美，夜色也让他由里到外心情很放松，所以他举着杯子问许锦年，当初你们近在咫尺的队伍为何就没有进城？老子到现在都觉得这事情想不明白。

许锦年一把抓过余一龙举高的杯子，将里头的酒全部喝完，说，那天我跟你有言在先，以后别再问我这个问题，不然我跟你急。又说，我现在想跟你商量另外一件事情。

不用商量，余一龙说，你现在可以跟我说无数件事情。

只有一件，许锦年很认真地说，我希望你我之间以后私下里聊天，不要再说你们。

余一龙一下子变得很安静，听见风在酒桌上弯弯曲曲地经过，经过那些美味的菜肴，以及样子光鲜的碗碟杯盏。过了一阵他终于笑了，于是抬手抓过原本属于许锦年的杯子，把酒倒下说，这还不简单，那我们今晚只做一件事情，就是负责把我们自己喝高兴。

许锦年说，一言为定，那咱们以后所有的话，都在今天喝下去的酒里。

54

江阿球离开宪兵队，苦于无法向许锦年交差。武田拒绝他的那些说辞，他又不敢跟许锦年明讲。江阿球想，这的确是令人烦恼的问题，偏偏沈静又到了现在还是不见踪影，像一只飞走的鸟，连羽毛都没有留下一片。这么想着，江阿球就开始想念起了二十四桥。他不知道二十四桥后来有没有去国货商场买裙子，还有什么双妹牌的生发油。

翠红楼的生意好得不得了，客人们最近很大方，好像钞票都是半路上捡来的，不赶紧花掉就会长出一双翅膀从口袋里飞走。二十四桥刚在门口送走一位扬州过来的客人，见到江阿球时却像是见到一团空气。江阿球问她，究竟是我换了一张脸，还是你换掉了一双眼睛？二十四桥斜靠着门柱，小心地抹了一下涂过生发油的乌黑的发梢，接着吐出两片瓜子壳说，翠红楼从此不接汉奸的生意，我们是堂堂正正的中国人。江阿球也不想多说，只是掏出一把法币，数都没数就塞进了二十四桥那两颗旗袍盘扣的中间，那样子像是塞进去一团厚厚的稻草。江阿球说，伸长你的鼻子闻一闻，看看我这些堂堂正正的中国钞票上面到底有没有汉奸的味道？

江阿球后来如愿以偿，被二十四桥送进房间后又躺进一个巨大的木桶，让二十四桥给他搓澡。木桶泡澡是江阿球之前从武田那里学来的，之后又介绍给翠红楼的老板。武田以前会带江阿球去日本租界的居酒屋，也带他去日本人的澡堂泡澡。澡堂里雾蒙蒙的，江阿球跟着武田一起脱光，然后躺在热水荡漾中，直到把自己泡成一块像是即将就要融化开的香皂。

但是这天当江阿球差不多泡好澡，二十四桥出去给他端来水果拼盘的时候，却发现木桶里的人不见了，而且之前摆在鸳鸯床上的衣裳也不见了。二十四桥咬了一口切片苹果，奇怪江阿球怎么不打一个招呼，就神神秘秘地不见了。后来她才发现，之前扬州客人带来的一份报纸，也跟着江阿球一起消失了。报纸是扬州人在街边摊上买来的，排版和印刷都比较粗糙，不过上面有着许多二十四桥十分喜欢看的花边新闻。

55

许锦年在等江阿球的消息，江阿球一直没有回音。他给江阿球打电话，电话始终没人接，于是又去江阿球家里，发现那里门板紧闭。那天许锦年在公寓里翻看江阿球的日记本，通过那些零零散散的日记，他开始大致搞清楚，江阿球当初为了保全脖子上的脑袋，是如何千方百计巴结上了军统锄奸队长沈静，又如何天天跟沈静厮混在一起。这时候张翔突然过来，说，电话局经理刚刚过去他们西湖警察分局，向他反映，有人昨晚求他办事，给他一个电话号码，让他帮忙查询过去的几个月时间里，这台电话联系比较多的分别是哪些号码。

许锦年把日记本合上，说，张警官嗅觉很灵敏，开始学习办案了，需不需要我教你几手？

张翔却急着把话讲完，说，去找电话局经理的那人是江阿球，江阿球给出的号码我查过了，正是沈静家的电话。

许锦年一下子惊呆了，意识到这条信息的重要性。他在脑子里迅速询问自己：江阿球刻意查询沈静的电话来往，目的是什么？这时候张翔又给他递来一张地摊报纸，许锦年只是扫了一眼，很快就发现其中一则认尸启事。认尸启事配了几张不同角度的照片，一个后脑被轰碎的男人像堆腐烂的垃圾一样趴在钱塘江边，死者穿一双后跟磨去很多的三接头皮鞋，皮鞋边扔着一个撕裂开来的麻袋，麻袋上隐约可见一枚褪色的印章……

是沈静。

沈静的尸体被钱塘江上的渔船打捞上来，消息已经见报。许锦年点起一根香烟，觉得江阿球查询沈静的电话来往，肯定跟报纸上的认尸启事有关。凭江阿球的眼力，加上他对沈静的了解，他完全能判断出死者是沈静。而当许锦年在沉思中再次翻开江阿球的日记本时，他的目光停留在几行文字上，脑子中却瞬间跳出一连串的念头：

第一，此刻江阿球已经认定他是杀害沈静的凶手，所以江阿球在躲避他。

第二，江阿球查询沈静的电话来往，目的是寻找根本无法联系上的毛万青。

第三，江阿球之所以挖空心思寻找毛万青，是为了向对方证明沈静死了，沈静死在他许锦年的手上，而这也是江阿球获得毛万青信任的至上法宝。

张翔记得，那天许锦年一直盯着江阿球在 8 月 12 日所写的日记。日记中江阿球提道，他在前一天曾经开车送沈静去过一趟孝女路，沈静当时可能是去跟许锦年碰面，但自此以后，他就再也没有见到过沈静⋯⋯

56

神州旅馆位于吴山路。许多年前，安清同盟会会长兼日军宪兵队侦缉科科长余祥祯，就是在旅馆门口被空中飞来的一枚子弹所射杀。子弹穿透喉管，犹如穿过去一根扎实的钢筋。那次江阿球碰巧也在吴山路，事实上他就陪伴在余祥祯身边。枪声响起，江阿球听见一路欢声笑语的余祥祯突然间没有了声音，余科长目光呆滞地望向前方，好像眼睁睁看见自己的喉结被穿过喉管的子弹头给拽了出去，接着软绵绵倒下。

　　下车之前，江阿球坐在车厢里，对神州旅馆周围足足观察了半个多小时。他看见旅馆门口，许多面孔进进出出，有个七八岁的小女孩一直很执着地叫卖茉莉花。然后二楼最西边的那个房间，窗帘一直遮盖得很严实，江阿球想，那间房里可能就坐着毛万青，毛万青正在等他。

　　武田告诉他许锦年是共产党，他当初不可能会相信。后来在二十四桥的房里，他见到扬州客人留下来的小报，照片上的尸体明显是沈静，而且装尸体的麻袋来自他们政保局，于是他一下子就明白，武田并没有跟他开玩笑。想起自己还留在许锦年那里的日记本，他便很清楚地意识到，因为自己所掌握的秘密，他很可能就要成为下一个余祥祯。

　　从电话局经理处高价买到沈静最近频繁联系的几个电话号码后，江阿球便一个一个打过去。一旦电话接通，他开口的第一句就是：请问是毛万青毛站长吗？我是沈静的兄弟……

　　命运并没有让江阿球失望，中午 12 点刚过，在经历几次被人骂作神经病后，他终于听见这次的电话那头响起一个慢条斯理的声音：你是哪位？江阿球急忙说，我姓江，我有很重要的事情向您禀报。关于沈静，也关于许锦年。毛万青沉思良久后终于答应，将见面地点选在了神州旅馆，二楼最西边一个房间。

　　约定的见面时间已过，江阿球心想，要是再不上去，戒心很重的毛万青肯定就走了，难道他要错失这样的良机？

此刻许锦年和张翔就在神州旅馆二楼最西边的 215 房间。按照许锦年的部署，江阿球从电话局经理处拿到的电话号码，其中一个的确属于毛万青住处的号码被张翔改过了，改成了他在西湖警察分局的办公室号码。整整一个上午，张翔都坐在电话机前，不出所料，他最终等来了江阿球的声音。

楼道上响起脚步声，接着就有人敲门。许锦年起身，拔出腰间的短枪，示意张翔过去开门。门开了，站在门口的却是一个七八岁的小姑娘，女孩眨巴着眼睛问张翔：叔叔要不要买一束茉莉花。张翔无可奈何地深吸一口气，就要把门关上时，却见到许锦年迅速冲了过来。许锦年一把将他扯开，冲到了走廊上，看见刚才从门口走过去的人影，此时已经直接从楼梯上跳了下去。

亡命逃走的人就是江阿球。狡猾的江阿球让卖花的女孩给他打前站，他只是在 215 房门前看似很随意地经过，就一眼瞥见了等候在房里的许锦年的身影。

57

余一龙见到许锦年是在傍晚，还是在西湖饭店那间包厢。那时候四川火锅已经烧开，许锦年倒酒，说，帮我一件事情，让你的和平军全城寻找江阿球。

找到以后怎么办？

即刻让他消失。

他跟你有什么过节？

他跟我们都有过节。许锦年说完，将江阿球的日记本翻开，翻到8月10日那天，然后随手扔给了余一龙。余一龙于是看见，原来那天他要去喜来乐茶楼跟许锦年见面的消息，竟然是江阿球透露给沈静的。

鸳鸯锅的锅汤煮沸，余一龙望向翻滚在红锅中的辣椒，说，江阿球我干他娘。他想起那天自己过去茶楼跟许锦年见面前，碰巧青帮师父杨松山过去和平军营部看他，而那天给杨松山开车的，正是狗日的江阿球。

他想把我给灭了，好在青帮"学"字辈中当老大。余一龙伸出筷子，伸向红锅里的辣椒，说，对付这样的狗杂碎不能用和平军，得用我们的帮规。青帮子弟出面，江阿球他就是把自己埋进土里，我也照样把他一截一截给挖出来。

两个小时后，位于杭州南星桥的杨松山寓所，杭州青帮各路当家人准时到齐。杨松山抱着一只茶壶，深思熟虑地啜了一口，目光徐徐望向议事厅里等他发话的各路徒弟。杨松山说，江阿球不是东西，你们看着办吧。于是这一晚的杭州城，半夜里各条弄堂的狗叫声连成一片。许锦年后来听张翔说起，江阿球是在一家烟馆里被人发现的。那时候江阿球穿着一双拖鞋，面对围上来的青帮子弟，他看见一排明晃晃的刀子。江阿球左冲右突，赤脚奔向自己停在外面的车子。车子一路狂奔，在深夜街头留下一股飘扬的烟。

江阿球最终被人堵住是在钱塘江边，那时候道路两旁都是青帮杀手围追堵截的车子。其中一辆雪佛兰车追上他，跟他并行着疾驰。雪佛兰上坐着余一龙，余一龙也不喊话，只是接过手下递来的一枚手雷，跟点炮仗一样轻易拉开手环，然后就十分准确地扔进了江阿球打开车窗的车厢。

张翔看见江阿球的车子失去方向，跟野牛一般冲向正在涨潮的钱塘江。然后就在车子凌空飞起的那一刻，众人所期待的爆炸声响起，于是在那片冲天的火光中，半条钱塘江被照亮。时间没过多久，张翔就看见江面上漂浮起两只掉队的轮胎，而那些被炸成四分五裂的车厢碎片，则迅速在江水中沉没。

凌晨2点，毛万青被随从叫醒。毛万青迷迷糊糊打开台灯，看见走进他卧室的两个人分别是许锦年和余一龙。毛万青说，你们两个夜猫子，到底什么事情这么急，是要赶去投胎吗？许锦年说，沈静找到了，他被江阿球杀了，扔去钱塘江，装尸体的是之前我们政保局的麻袋。

毛万青愣了一下，说，然后呢？这时候他听见余一龙说，我已经替沈静兄弟报仇了，沈静当初刺杀我，是受了江阿球的唆使。江阿球名义上是让沈静锄奸，其实是想代替我当杭州青帮下一届老大。现在我把这狗东西炸碎在了钱塘江，他再也不会浮上来了。

毛万青靠在床上，望向映照在台灯暖色灯光中的两张男人的脸，看见疲惫和愤怒，其中也有复杂的神色。他犹疑地拿起床头一张皱巴巴的地摊小报，说，沈静遇难的消息我也已经从这上面知晓。既然事情是这样，那你们辛苦了，早点回去休息吧。

58

武田是在第二天得知江阿球已经被炸碎的，消息是梅姨打电话告诉他的。挂上电话之前，武田说，不用大惊小怪，只是死了一条狗。梅姨说，你还好吗？武田发出一阵冷笑，说，我比任何时候都好，中国人就是孬种，他们到现在也没人敢靠近宪兵队一步。

事实也正如武田所言，日本宣布投降后，杭州陷入一阵既不见军队又不见政府的"空窗期"，整座城市变成无人看管。虽然国民政府已经将全国分成十五个受降区，第六受降区司令长官顾祝同的接管组也制定公布了《接受日军投降计划》，通知驻浙日军集结待命，但是传说中的受降部队却迟迟没有进城。那几天杭州街头曾经出现过零散的军人，以封存汉奸财产的名义大肆掠夺，但是日后证实，那都是一些借机打砸抢的冒牌军人。

与此同时，三战区副司令长官兼江苏省政府主席韩德勤中将被任命为杭州方面受降主官，使得原浙江省政府主席黄绍竑左右为难。黄绍竑原本带领省政府人员从丽水云和出发赶往杭州，但是接到消息的当天，他决定半路上停留在淳安。

军队和政府的缺席，是留给许锦年的最后时机。此时他必须尽快营救出张家喜，否则一旦韩德勤的中央军进城，"三人小组"就会被毫无悬念地移交至军统毛万青手里，那就从此没有获救的可能。

但是许锦年也清楚，就凭他这张脸，想要让武田释放张家喜他们，起到的效果只能是适得其反。倘若让余一龙的和平军出手，那必定又是一场大动干戈，消息会闹得满城风雨，不仅毛万青会得知，武田那样的疯子，说不定还会就此枪毙了张家喜。于是8月24日夜里，杭州很少有人知道，当时的日军宪兵队曾经发生一件令人哭笑不得的事情，那就是宪兵队整个硕大的营部突然停水了。那时候很多日本兵正挤在队部浴室里冲澡，赤裸的身上涂满了肥皂。宪兵原本想尽快将自己冲洗干净，因为浴室外头还有许多人等着要进来。炎热的夏天汗流浃背，冲澡是每天上床之前必需的课题。可是这天晚上8点，在毫无征兆的情况下，头顶浴室水管中倾泻而下的自来水却突然开始水量收缩，好像是被人卡住了脖子。这时候水龙头下的一排宪兵惊讶地仰头凝望，看见水量继续收缩，直到最后奄奄一息，变成三三两两的滴滴答答。

武田在五分钟以后听见一阵凶狠的敲水管的声音，中间夹杂着甚嚣尘上的骂娘。他走去窗口，看见一群白花花的身子纷纷光着屁股，如同一群跳跃在岸上的品种繁多的鱼，在月光下可谓蔚为壮观。这时候武田还未来得及制止，就听见身后响起一阵电话铃声。他走去把话筒抓起，听见的是一个无比熟悉的声音，声音来自许锦年。许锦年说，武田队长好久不见，我们今天能不能好好聊一聊天？

武田于是即刻明白了停水背后的原因，他相信许锦年此时就在自来水厂。他说，向来足智多谋的许科长，怎么会想出如此形式的下三烂，你就不担心让人耻笑？

我这也是没有办法的办法，不然我许某人根本就没有找武田队长好好聊天的资本。

你现在也还是没有资本！武田虽然这么说着，窗外不绝于耳的宪兵叫骂声却令他心烦意乱。

还是请武田队长考虑一下，只要你把手上的共党分子移交给我们，自来水说到就到，一刻也不会停留。

武田说，做梦。许锦年说，等到受降部队进城，人员照样还是要移交，你何不为自己的前程考虑？这时候武田气得想把话筒给捏碎。武田说，移交也可以，只是你要提着自己的脑袋来交换，因为你还欠小野四喜一条命。

武田搁下电话，整个人就被愤怒所占领。他在办公室里走来走去，看见的是四周将他围住的墙壁。如果不是天皇宣布投降，此时他完全可以冲出宪兵队去将许锦年抓捕，但现在他只能颓丧地坐下，望向桌上的那张照片，以及照片中跟他站在一起的小野四喜。

59

程珊在报纸上看见江阿球殒命的消息时，太庙巷小学的校长正好过来小营巷家访。校长夹着一只扁塌塌的公文包，见到迎上来的许路远时夸奖他个子长高不少，还说，学校会在 9 月 1 日正常开学，之前所教授的日文会被移出课堂，而每个星期的升旗仪式，升起的也将是中华民国的国旗。

校长说完，在两个太阳穴处抹了一层清凉油，接着就赞扬程珊教子有方，因为许路远不仅各科成绩优秀，还在校运动会上多次打破跑步项目的纪录。程珊闻见一股清凉油的薄荷味，夹杂着樟脑丸的气息。她还没来得及解释，就听见校长说，许妈妈我要告诉你一个好消息，我们想让许路远竞选下个学期的升旗手，总共四五个孩子竞选，每个孩子的成绩和表现都在报纸上刊登，叫热心的杭州人来投票。许妈妈这事情你会不会答应的？

程珊笑了，看见许路远也在窃喜。她说，这样的好事情我们开心都还来不及，怎么可能不同意？校长于是刮了一下许路远的鼻子，让他赶紧洗把脸，换一身干净衣裳，跟他过去照相馆拍一张后天就要登报的照片。

校长后来带着许路远离开，程珊一个人坐在家里，心中就很自然地想起了许锦年。事实上，她最近经常会想起许锦年，好像已经成了一种淡淡的思念。现在她望向家中天井沿上的那丛瓦楞草，看它正露出一些颤巍巍的草尖，心想，许路远竞选升旗手的消息，是不是应该去孝女路告诉许锦年一声，顺便也给他送去自己两天前买下的那只打火机。

打火机是程珊跟许路远去商场时看中的。那次许路远要买一双开学时穿的运动鞋，两人走过柜台，程珊的目光却被一只漂亮的打火机所吸引。金属打火机是银色的，跟许锦年的手表很配，而且打火机盖开合的声音也很清脆。程珊看了许路远一眼，问他买不买？许路远盯着价目牌，说，姨娘这东西很贵。程珊想起许锦年那次在他家里，掏出来的火柴盒已经被压扁。她说，贵总有贵的道理，它要是贵得卖不出去，还不早就摆在柜台里生锈了。

这天接下去的时间，程珊又开始犹豫。她想起许锦年曾经告诉过她，以后彼此不要见面，有事打电话。这时候她看见门口出现一个陌生的女人。女人穿了一身很服帖的旗袍，检查了一下她家的门牌号，问她是不是许路远的姨娘。程珊说，请问你是哪位，对方就说自己叫梅姨，是余一龙家的保姆。梅姨的目光贴在程珊脸上，说，实在有点冒昧，我们家余幼龙一天到晚喊着要见许路远，想让他过去一起抽陀螺。这事情我又不好意思去跟许先生讲，再说他最近应该很忙，都有很长时间没过来余司令家了。

梅姨说着一脚踩进家门，坐下以后又拢了拢头发，这才说，我是听余幼龙讲的，许路远跟你一起住在小营巷，许路远叫你姨娘。程姑娘你长得真漂亮。

程珊觉得梅姨真是能说会道，让她一下子都插不上嘴。后来梅姨又跟她聊起余一龙的岳父，说老爷子听说她要过来，就托她带来一盒东北别直参，也没什么意思，就是感谢一下许先生，感谢许先生那次开车送他回到女婿家。程珊听她一口气说完，起先还是把别直参给推了回去，说，许先生不住这里，哪天方便你可以直接交给他。梅姨就说，我知道的，许先生住在孝女路。但是许路远总归要过去看他父亲的吧，你要是不替我转交，回去老爷子笃定要跟我生气。

程珊听到这里，就把别直参给收下了。后来她把梅姨送到门口，看见她走得很急，玲珑的背影很快在弄堂里消失。接下去程珊开始洗衣裳，有自己换下来的裙子，也有许路远的汗衫和袜子。衣裳洗好以后，一件件挂上晾衣架。这时候她看了一眼桌上那盒别直参，心想，许路远差不多也该回来了。

许路远离开照相馆走进回家的弄堂，差不多是在下午3点50分，那时候程珊正好打开那盒包装精美的别直参。随着一声震耳欲聋的爆炸，许路远看见家门口一团火光，随即整个人就被巨大的气浪给推了出去。

许路远跌落在地上，胆战心惊地回头，看见一只愤怒的火球正从门洞里喷薄而出，犹如龇牙咧嘴的恶兽。此时他用尽全身的力量，对着火焰凶猛的方向嘶喊了一声"姨娘"，声音却即刻被炙热的气团所吞噬。

60

惊悉程珊的噩耗，许锦年无法抑制心头的哀伤。那时候张翔坐他对面，声音好似从废墟中传来。张翔说整座房子几乎被轰掉一半，程珊的尸体根本无法拼拢到一起。

许锦年抓着香烟，整包香烟被他揉碎，烟丝撒了一地。很久以后张翔听见他说，为什么死的人不是我？

闻听爆炸消息后，张翔跟西湖警察分局的同事第一时间就赶到出事现场。现场触目惊心，满目疮痍的屋里，张翔看见一条烧焦的断臂，也看见乌黑的血溅在墙上，凝结着属于程珊的一团头发。劫后余生的许路远被浓烟熏得漆黑，他像是站在冰冷的黑夜，整个人似乎被冻僵，只有两只眼珠偶尔还能闪动一下。虽然周遭的一切无比熟悉，然而张翔又必须装作跟许路远毫无关系，所以他叫来一名同事，让他暂时带这孩子回警察局……

许锦年把眼睛闭上，却看见一团熊熊的火光，火光中程珊的一张脸在夜幕中飘远。他听见张翔说警察局已经问遍整条弄堂的邻居，但是谁都提供不了任何有用的线索。

61

钱文标在第二天赶到杭州，负责给程珊办理后事。那天走出殡仪馆，夕阳像泼出去的血，红得令人震惊。许路远抱着程珊的遗像，在那样一个黄昏，止不住的泪水滴落在相框上。后来钱文标带他过去附近那家小酒馆，于是不出许路远所料，他果然见到了自己的父亲。父亲一把将他抱住，让他几乎要窒息。父亲说，爸爸不能过去殡仪馆，但爸爸一直在这里等你。

许路远擦干泪痕，掏出一只银光闪闪的打火机，声音颤抖，说，这是姨娘想送给你的。姨娘好像不反对你抽烟。

许锦年望向程珊的遗像，曾经的笑容一片灰白。他在打开打火机盖时听见"叮"的一声，声音穿透耳膜，听起来特别寒凉。

62

宪兵队的停水已经进入第四天。武田连续四天没有洗澡，身上奇痒难忍，层出不穷的汗水也让他闻见一股类似于死老鼠的味道。办公室里最后一瓢水已经喝光，武田舔了舔异常干燥的嘴唇，又用指尖挑去凝结在眼角的厚厚的眼屎，这才发现眼前那盆曾经旺盛的薄荷，已经毫无悬念地走向枯萎。

之前让梅姨给程珊家里送去那枚体积甚小又威力无比的炸弹后，武田就在宪兵队等待着许锦年死去的消息。他相信精心设计的别直参盒子一旦被掀开，就足以将许锦年跟他儿子两个人炸成一堆碎片。然而他刚才从电台里听到的消息却是，杭州虽然的确发生了一场爆炸，但是爆炸点不在孝女路而是在小营巷，而且炸死的只是一个女人，名叫程珊。武田失望到无法呼吸，黯然神伤地将收音机关闭，这时候他又接到驻杭日军一三三师团长官野地嘉平打来的电话，告诉他中国方面受降部队已经出发，正在赶来浙江的路上。野地嘉平的声音有一种催眠的效果，说咱们留在各自营部的时间已经所剩不多，按照蒋介石的通知，你现在就可以开始清点人员武器及财产，等到受降部队进城，咱们就要从现在的营部撤走，被送往杭州的战俘集中点。

武田在野地嘉平绵软无力的话语中望向办公室四周，顷刻间涌起一股直达内心的忧伤。他听见野地嘉平问他，武田君有没有什么要说的？武田最终却什么也没说，只是沉默地把电话搁下。此时他念念不忘的，是待在地下监狱里的张家喜他们。

63

从被捕到现在，张家喜已经在监狱里熬了半个多月。但是从上个星期开始，张家喜似乎闻到了空气中的异样。他发觉那些不可一世的看守，如今脸上都挂着千篇一律的哀伤。再则，之前审讯他的武田，现在已经有好多天没在地下室出现。

自从 8 月 14 日张家喜交代出关于许锦年的身份信息，丁莉就再也没有正眼瞧过他一次。丁莉的目光像没有温度的铁，对他不屑一顾，而她一次次转过去的背影，也让张家喜觉得自己完全是多余的。这样的时候，张家喜难免会想起半年前的上海，以及雪花飞舞中的斯坦旅馆。那天就在从旅馆房间撤退前的最后一分钟，他看见嫂子陶敏"哗啦"一声掀下床单，倒出原本藏在药箱里的所有的盘尼西林。陶敏动作麻利，将包裹着盘尼西林的床单四个角拉拢以后打结，说，咱们分两路走，提药箱的人先走，负责掩护药品。张家喜即刻目光彷徨地站在原地，听见嫂子又说，是你先走还是我先走？这时候他倒抽一口冷气，目光躲避着跟床单一样苍白的药箱。于是他看见嫂子瞬间拎起药箱。嫂子说，那就我先走，但是你一定要把药品带回杭州，送到你哥的手里。

　　一连几天，张家喜苦口婆心，做了无数次解释与哀求，希望丁莉能够理解他的委曲求全。然而丁莉的回答只有一句：我没想到我肚里孩子的父亲，会是一个叛徒。

　　丁莉掉下两行眼泪，顺着干枯的面颊，说，你不仅无耻，还十分无知。我现在就可以告诉你，全天下的日本人都已经投降，而你却在他们投降的前一天晚上跪下，去向走投无路的战败者邀功领赏。

　　那一刻张家喜站立在巨大的虚空中，仿佛即将被人砍倒的树，萧瑟并且苍凉。丁莉是学过日语的，她能这么说，说明是听见了那些目光哀伤的看守在私下里的交谈。

　　此时躺在床上疗伤的张发水痛苦地呻吟。张发水的一张嘴因为曾经被插进一块烧红的烙铁，肌肉跟舌头已经开始腐烂，嘴巴只能永远张开。丁莉对待他像对待自己的父亲，每天给他用酒精棉球擦拭，并且用米汤喂食磨成碎粉的消炎药。现在丁莉拖着脚上的铁链，想过去查看一番时，看见张发水挣扎了一下，手指蘸着几天前碗里剩下来的米汤，在床板上一笔一画，慢慢写出三个字：元，亮，他。

　　因为虚弱，现在张发水的字写得歪歪扭扭，而其中的两个错别字，也让丁莉眼里含泪，忍不住把头扭了过去。丁莉知道，张发水是要她原谅自己的儿子。此时她目光悲凉，擦拭了一把眼睛，却发现铁栅栏外，不知什么时候，武田已经出现在了监狱里。

武田比以往任何一次都要安静，此刻他的目光中有一种内敛和收缩的力量。他看着张家喜和丁莉，接下去又把视线移向另外一间牢房里的陈群。陈群正端详着慢条斯理地攀爬上他手掌的两只蚂蚁，他好像只对眼前孜孜不倦的两只蚂蚁感兴趣。武田说，世上没有不散的筵席，看来我们终归还是要分离。但在分离之前，一切的一切，必须要有个了断。

张家喜茫然望向武田，无法理解他话语中的含义。事实上，就在半个小时前，在武田过来监狱之前，他在当天的《儿童时报》上发现了一则消息，说的是太庙巷小学正在评选 9 月 1 日开学仪式的升旗手。武田的目光从这条新奇的消息上一行一行掠过，最终被一个竞选男孩的资料所吸引。他看着男孩的照片，很快便想起了另外一张脸。因为武田发现，照片中目光悠远的男孩，竟然是叫许路远。

武田无法忘记那天在关门亭慰安所里，梅津小姐或者叫梅姨曾经告诉过他：许锦年有个儿子在余一龙手上，儿子名叫许路远。

64

8 月 31 日下午，在孝女路 72 幢公寓 201 室，张翔跟许锦年及钱文标一起商讨，如何在剩下的最后几天赢取对"拱宸桥三人小组"的营救。讨论持续了几个小时，但是到了最后，所有的方案又被他们否决。房间里酷热，后来张翔听见一阵敲门声，他把门打开，却怎么也没有想到，站在门口的人竟然是武田。

没人知道武田是怎么离开宪兵队的，张翔只是看见，这家伙并没有穿军装，而是套了一件黑色府绸衬衫，看上去像是杭州哪家商号的精明老板。武田带来一束鲜花。面对许锦年的目光，他很自然地坐到沙发上，并且身板笔挺，保持着军人的风范。他把一双手覆盖上膝盖，声音徐徐降临，说，鲜花是送给英年早逝的程珊小姐的，请许先生节哀。武田的言辞毫不避讳，坦言程珊家的炸弹是他让人送去的，说，许先生想必也已经猜出，那枚炸弹针对的是你，而不是可怜的程珊姑娘。

张翔即刻拔枪，枪口指向武田的脑门。武田却好像早有准备，只是推了推眼镜，就连藏在镜片后面的那双细小的眼睛也懒得去眨一下。然后他抬手看了一眼手表，声音像是自言自语，望向漆黑的枪管说，离开宪兵队之前我交代过手下，倘若我在两个小时内没有回去，那他们就不用再等了，可以将之前抓捕的共党分子全部枪毙，一个都不用留。说完，武田从裤兜里摸出一片形态枯槁的薄荷，将它捋直后含进嘴里，说，一起枪毙的还包括那个老人家，张家喜的父亲张发水。

这时候钱文标终于按捺不住，说，武田你不要太狂妄，你现在只是一个战俘。武田却眉头一闪露出比较谦恭的笑容，嚼着薄荷说，敢问这位先生怎么称呼？我今天过来主要是找许先生。因为我跟许先生之间，还有一笔陈年旧账需要清算。

许锦年抓起武田带来的鲜花，将它随手扔进垃圾桶，说，有道理，小野四喜那笔账，武田先生要是再不清算，可能这辈子就没有机会了。那么你想怎么清算？

我就喜欢许先生这样的性格。武田说，那我们就直接步入正题。

张翔不会忘记，和声细语的武田这天是给许锦年下达了一份"诚挚的邀请"。等到把所有的意思表达完，武田起身走到门口又突然转身，说，忘了告诉许先生一件事情，你们那个张家喜，其实不值得你浪费感情。我刚才之所以敢于这样要挟你，是因为我已经确定你是共党而非军统，所以你对张家喜的一切努力是出于对同事的营救，而非之前说的那么轻描淡写，仅仅是程序上的移交。但是你知道吗？张家喜叛变了。这人很猥琐，正是他出卖了你，交代出你的共党身份，才让我现在有恃无恐。武田摇头，吐出那片嚼烂的薄荷，说，其实这种人就是垃圾。

张翔记得武田的身影跟随话语一起消失，像是来去自由的幽灵。那一刻张翔听见房里自鸣钟的声响，笨重的秒针正一格一格走过。张翔不敢回头，担心碰见钱文标和许锦年的目光。但他随即听见钱文标的声音响起。钱文标说，营救行动终止，我为有这样的弟弟而羞耻。张翔于是转头，却看见许锦年一如既往的平静。许锦年说，不行，营救行动必须继续。这是最后的时机。然而钱文标愤怒地站起，拍了一下桌子，说，这件事情我做主，许锦年你必须执行我的命令。明天的太庙巷小学你要是敢过去，就是违反组织纪律，我会让上级处分你……

65

我是张翔。回想起 1945 年 8 月 31 日武田肆无忌惮说出那个"诚挚的邀请"，我就想起那天的胆战心惊。武田真是丧心病狂，那天他竟然提起 9 月 1 日也就是第二天的太庙巷小学升旗仪式，说自己离开宪兵队的第一站就是去了一趟学校，给竞选升旗手的许路远投了一票。

武田说他看了许路远的资料，觉得这孩子实在太优秀，最终肯定能成为令人羡慕的升旗手。说完，武田扶了扶鼻梁上的眼镜，看上去富有学养。然后他清了清嗓子，等到再次开口时，就向锦年哥传达了那份他所谓的"邀请"。他让锦年哥第二天上午 10 点准时出现在学校升旗现场，千万不能缺席。锦年哥于是笑眯眯地迎向他的目光，说，这就是你所要的清算？武田扯了扯嘴角，微笑着道，明天 10 点钟，你自然会见到张家喜他们，我会第一时间将他们释放。锦年哥问，我凭什么相信你？武田很狂傲，说，一个日本国军人所许下的诺言，你完全不需要怀疑。

武田就是这样一个疯子。就像后来钱文标政委所分析的，他那道貌岸然的"邀请"明显是一个陷阱。他不仅想在大庭广众下当着许路远的面置锦年哥于死地，还想当众摧毁抗战胜利后杭州的第一场升国旗仪式。换句话说，武田也是在下达战书，他在逼锦年哥来一场生死决斗，而这场决斗的输赢对他来说并不重要，重要的是，作为一个战败国的俘虏，他想斩断中华民国国旗的升起，从而给国人留下永恒的羞辱。

我从来没有见到过钱政委像那天那样愤怒。钱政委原本是个很安静的人，就连当初妻子陶敏被捕，他也没在我们面前表露出落寞和伤感的情绪，好像将这一切看得很淡。但是那天钱政委极端暴躁，他指着锦年哥额头，说，你到底有没有脑子，你要救的人是叛徒，你这是白白地去送死。

哪怕是叛徒也要救，因为他是你弟弟。锦年哥的回答很平静，他说，里面还有你父亲，以及咱们另外的战友，所以老钱你听我一句，此时咱们一定要冷静。

钱政委一下子无言以对，我看他突然很想抽烟。他抓过锦年哥的香烟盒子，抽出一根攥在手里，却最终又将它折断，碾磨粉碎。他说，许锦年我求你了，你要面对现实，这是杭州不是根据地。我们总共就这几个人手，你根本无法预料，武田会躲在哪个角落里向你开枪。

那天的公寓内，钱政委跟锦年哥陷入一场激烈的争执，两人互不相让，坚持自己的主张。或许你们也能理解其中的冲突：作为钱政委，他考虑的是锦年哥三年前就失去了妻子，现在又要孤注一掷，甚至是牺牲自己，以换取他父亲和弟弟的平安，这对政委来说绝对不能接受。而锦年哥的想法也是如出一辙，他认为钱政委已经忍受着妻子被捕且至今生死不明的煎熬，此时无论如何也不能让他这个家庭遭受更大的折磨……

时间过了很久，锦年哥的香烟已经抽完。他将空烟盒揉成一团，突然说，我忽然想起一个问题，武田让我去升旗现场，很明显他知道我跟许路远之间的父子关系。但他又是怎么知道的，知道许路远是我儿子？

那一刻，焦躁不安的钱政委像是当头淋了一场雨，瞬间就平息了下来。的确，这样的问题刚才连我也忽视了。因为整个杭州城除了余一龙，几乎没人知道锦年哥是许路远的父亲。

那天我们陷入沉思，一时间难以寻找出答案。后来锦年哥起身，一个人走去了门外。我跟钱政委都以为他是出去买烟，可是我们没有想到的是，他自此以后就再也没有回过公寓，也没有任何消息。

是的，1945 年 8 月 31 日的夜晚，锦年哥就那样莫名其妙地消失了。那天我跟钱政委等候了一个通宵，却一直没有等到他的出现。他好像是被那天的夜色给收走了。

66

我是许路远。事实上，1945 年 8 月 31 日的傍晚，父亲离开孝女路后，就去了葛岭路上的玛瑙寺，因为那天我就在玛瑙寺。

自从程珊姨娘出事，屋子被炸弹轰掉一半，我就变得无家可归。又因为父亲身份特殊，不能暴露他跟我之间的父子关系，所以后来张翔叔叔把我从警察局送去了玛瑙寺，那里原本就是难民收容所，程珊姨娘也曾经在寺庙里当过护工。

那天我以为父亲是过去玛瑙寺看我，没想到他却让我上车。1945 年的夏天我即将年满十岁。在那个充斥着蝉鸣声的日子，车子沿着西湖边行驶，我坐在后排，听见父亲说，明天的升旗手竞选你没有中选，票数跟第一名相比，稍微少了几票。我听父亲说完，眼泪无声地掉了下来。事实上那天我一直在等待票选的结果，我原本以为自己是胜券在握的，下午还让玛瑙寺的住持帮我理了一次头发。我还找出自己最满意的一件衬衫，希望它配得上明天迎风飘扬的国旗。

父亲把车停下，说，你是不是在哭？我把头扭过去，不让他看见我的眼泪。我说，其他孩子的爸爸妈妈都过去学校投票，还拉上一群亲戚朋友。但是我昨天打电话问你，我可不可以给自己投一票，你说不行。我还让你跟张翔叔叔给我投票，你还是不愿意答应……我的眼泪更加凶猛，心里有太多的委屈。我说，要是加上这几票，说不定明天的升旗手就是我。

父亲扶着方向盘，眼睛望向远方，说，爸爸是做得不对，爸爸现在向你道歉。

然而到了第二天下午我就明白，父亲那天完全是在骗我。事实上，升旗手的竞选票数，我在几个同学中遥遥领先，而父亲却让人找到我们校长，擅自取消了我的升旗手资格。

去找校长的人，就是余幼龙的爹余一龙。余一龙后来还是担任了杭州城的城防司令，他有段时间常常会在我面前陷入回忆，说，许路远你知道吗，那天去找校长之前，你爸还跟我商量，让我以后做你的干爹。

这些当然都是后话。我现在想说的是，那天的后来，父亲没有送我回去玛瑙寺，而是带我去了小营巷，去了程珊姨娘被炸毁的屋里。所以谁也没有想到，那间伤痕累累被烧成一片焦黑的屋子，在1945年8月31日的晚上，却曾经住着一对父子。那天父亲躺在我有点倾斜的床上，我就躺在他身边。房间之前被炸弹轰掉了一堵墙，月光像河水一样涌进来，非常完整地洒在我们身上。我同时看见留在房里的姨娘的遗像，月光停留在她脸上，呈现出宁静的安详，像是我许多年前的母亲，但是她们都已经不在这个世上。

我听见父亲问我，你在想什么？

我说，爸爸，这是我第一次跟你住在一起。我们以后是不是就要一直住在一起？

67

清晨在黯淡和焦虑中到来，之前的夜晚，我跟钱政委都没有合眼。其间我去过一趟玛瑙寺，收容所里那帮孩子告诉我，许路远被人开车接走了。不用怀疑，那人一定是锦年哥。

锦年哥把儿子带走，始终不愿意见我们，这样的结果更加让人揪心。我跟钱政委有理由相信，锦年哥已经做出最后的决定，他将义无反顾，带着儿子去学校，去接受武田最后的挑衅。

时间到了早上8点，钱政委觉得不能再那样无谓地等下去了，就带上我直接赶去了太庙巷小学。

68

9月1日早上，其实我醒得很早，毕竟是开学第一天，我担心自己会迟到。

父亲起得比我还早，天才蒙蒙亮，他就让我跟他一起出去跑步。那时候街上环卫工人正在清扫垃圾，路灯渐次熄灭，我跑在父亲身边，看见我们的影子一次次消失，也听见父亲均匀的呼吸。早上6点，宝华汽车公司的第一班电车上路，排出一股刺鼻的汽油味，也发出"哐当哐当"的声响，好像整个晃荡的车身就要散架。电车在前面路口拐弯，尾灯闪了闪，因为减速，刹车的声音让人听起来很痛苦。路上有一些晨雾，天光好像有一种初秋的感觉。父亲告诉我，跑步时要让肩部放松，前后摆动双臂保持身体的平衡。他还说，要用嘴巴和鼻子同时呼吸，每一次都深呼吸，以确保大脑的供氧量。我心想，父亲干吗要跟我说这些，此时我应该准备去上学。

大概是早上7点，我们在街边一个早点摊前坐下。父亲点了豆浆油条和烧饼。两碗甜豆浆端上来时，我听见那对中年夫妻摊主跟坐下来的顾客讲，他们今天要提早收摊，跟孩子一起参加太庙巷小学的升旗仪式。我听到这里就把头埋下，担心他们看出我是竞选升旗手失败的学生。我两只眼睛盯着白花花的豆浆，豆浆热气腾腾，熏蒸到我脸上，很快让我眼前雾蒙蒙的。

那个女摊主絮絮叨叨，讲话没完没了。她说，这次学校选出的升旗手据说是个音乐家的苗子，小提琴拉得非常好，校长经常表扬他。这些话一句一句都飘进我耳朵里。我知道那个拉小提琴的男孩是五年级的学长，他其实很骄傲，跟许多同学的关系都处理不好。可是不管怎样，现在失败的人是我，人家会拉小提琴，人家终归还是成了升旗手。父亲估计看出了我的情绪。他瞟了我一眼，将一根油条撕成两半，塞进卷好的烧饼中递给我，说，既然这么不开心，那今天就不用去学校了。

我顿时愣在那里，感觉父亲怎么突然变得这么奇怪。就算没有当选升旗手，我也不至于没有脸面去上学。这时候父亲说，其实他已经替我跟校长请过假。我于是更加烦恼，心里也凉了一半，心想，这种时候请假，以后会让老师和同学怎么看我？但是更加出乎意料的事情还在后头。一个小时以后，我绝对没有想到，父亲不让我去学校，原来是早就想好要带我去一个地方，而我们将要去的那个地方，竟然是日军宪兵队……

上午9点刚过，父亲的车子在运河边停住。他下车，替我将车门打开，而我说我要去上学，开学第一天要大扫除。父亲却带我走去水果摊前，给我买了一只硕大的苹果。我接过苹果说，我要去上学，我是副班长，副班长的责任就是带领同学们大扫除。父亲好像什么也没听见，反而蹲下身子，帮我把松脱的运动鞋鞋带系紧，并且把我裤腿拉直。我觉得不对，一定有什么令人担忧的事情要发生。父亲却推着我，一路走去时来回抚摸着我剪过头发的脑袋，说，你跟爸爸在一起，还有什么好担心的？说完他戴上开车时用的墨镜，说，你是我儿子，难道我还能把你给卖了？我看见父亲的墨镜一片漆黑，跟涂过了墨汁一样，心想，好吧，谁让我是父亲的儿子。那时候阳光打在父亲墨镜上，镜片里逐渐映照出河边的青砖洋房，洋房打开的窗户，窗户下跑过去的黄包车，以及被黄包车带起的几片梧桐树的落叶。我从来没有想到，我那向来沉默寡言看上去非常严肃的父亲，原来戴上墨镜以后，竟然也是那样的潇洒，以及风度翩翩。我走在父亲身边，不再去想开学的事情，心里也明亮了起来。我感觉特别骄傲，感觉在微风习习的运河边，我们父子两人好像走出了一种风生水起的味道。后来我想起手上那只还没舍得吃的苹果，就很大方地咬了一口，嘴里被香甜的苹果汁包裹。然后我抬头问父亲，我们到底要去哪里？父亲说，你先把苹果吃完。但是你吃苹果的时候，我想考你一个问题。

我把苹果"咂巴咂巴"咬碎，它们似乎变成涓涓细流的泉水，源源不断地涌进我欢欣鼓舞的肚皮。我说，有什么问题爸爸你说来就是，你难不倒我的。

父亲就说，从前有个猎人在山野里迷路，猎人精疲力竭，粮食和水所剩无几，而且到了这天夜里他又发现，自己糊里糊涂摸进一个山洞，竟然闯进一条母狼的狼窝……

我的苹果刚咬了一半，忙碌的嘴巴不禁停下，这时候父亲又说，母狼正在给幼小的狼崽喂奶，她站起以后抖了抖皮毛，绿色的眼珠露出凶光，走到猎人跟前讲，我给你一天时间，你要是再走不出这片丛林，那明天晚上的这个时候，我就会把你彻底撕碎，变成一顿丰盛的晚餐。

我凝望手中的苹果，半个苹果的身上残留着我牙齿刚刚经过的痕迹，最后又听见父亲说，现在问题来了，你去想一想，这个迷路的猎人，接下去该怎么办？

这样的问题的确把我给难住了，我左思右想，一路上怎么也想不出满意的答案。后来我把吃剩的苹果核丢下，转头时却发现，我跟父亲竟然已经走到了宪兵队门口。我顿时有点惊慌，说，爸爸，这里是宪兵队，里面都是日本人。父亲却笑了，说，对的，宪兵队其实就像一个狼窝，里面有凶狠的母狼。

余一龙就是在这时候出现的。他开过来一辆卡车，下车以后冲到我父亲身边，跟他嘀咕了一阵，好像说一个名叫武田的人早就走了，武田走的时候带走几个日本兵，他们一伙人全都是便装，让人看不出是日本人。

父亲看了一下表，说，走了就好，那我们就开始吧。说完父亲接过余一龙递来的一个手提式喇叭，他打开喇叭调试了一回，喊了几声"喂喂"，扩散出来的声音传开，让我想起每次学校开会时站在主席台上的校长。

父亲开始对着喇叭喊话了。他起初说的是日语，我一句也没有听懂。后来他讲中文时我才知道，他的主要意思是让宪兵队把门打开，杭州和平军司令代表受降部队来看望大家了，余司令有话要跟里面的人讲。我十分惊诧，想不通父亲到底是要干吗，日本人哪有那么好讲话的，难道你让他们开门他们就开门？他们又不是你孙子。再说他们要是开门，昏天黑地射出一梭子弹来该怎么办？可是父亲一点也不慌，他继续喊话，一句一句不紧不慢，说，中国政府已经承诺优待俘虏，余司令今天过来没有带兵，连枪都没带，不信你们可以出来看看。你们要是不愿意开门，就是对中国军队不友好，到时候正式受降，余司令对你们的评价会很差。最后父亲又特别强调了一句，说，我知道武田英夫不在，所以你们更加不用担心。武田那个疯子，实在把你们给害惨了。就是因为他，你们宪兵队才会一直停水到现在……

我躲在父亲身后，眼巴巴地看着那扇紧闭的铁门。这时候余一龙拍了拍我肩膀，说，你爸还以为嘴巴一张就能让铁门打开，天气这么热，你想不想吃冰棍？

69

时间已经9点多，太庙巷小学书声琅琅。我跟钱政委守在学校门口，坐在警车上，看见很多家长三三两两过来，参观这天的升旗仪式。

在此之前，我已经给荣升副局长的"哈尔滨"打过一个电话，让他带人过来学校，负责升旗现场的安保。哈局长说升旗还需要安保？难道有人吃得太饱消化不了，想要把国旗给抢走？

214

他还说，他正要去火车站接他妹妹，让我晚上陪他一家人吃个饭，以后我就是他妹夫。我说，想要让我成为你妹夫，那你先保佑我今天还能活着。说完我就把电话给挂了。

过来学校的家长一拨接着一拨，我跟钱政委分了一下工，他负责在人群中寻找可能乔装打扮的武田，我则负责寻找锦年哥，这样我们的眼神才不会忙中出错。钱政委趴在挡风玻璃前，好像巴不得把那块玻璃给拆掉。他两只大拇指一直在交替着按压手掌，似乎在用那样的方式给自己提神。以前在根据地，碰到敌人将要围攻，他躲在掩体后面，也会这样按压手掌。

时间将近10点，我打开副驾驶位子前的工具箱，抓出里面的手枪。弹匣拉开，里面的子弹是装满的。

钱政委叫我不要分神，说，先把人给找到，现在还没到开枪的时候。

我继续望向前方，问他带枪了没有。他回了我一句：你怎么这么啰唆？

70

在我父亲坚持不懈的喊话下，宪兵队的铁门终于打开。我试着从父亲身后露出一张脸，看见一个据说是中队长的军官，满脸复杂地出现在门口。中队长并不是一个人，在他身后，高高低低的宪兵簇拥在一起，好像围成了一个蔚为壮观的马蜂窝。

父亲不慌不忙，对中队长笑了笑，说，能够这样当面交流，大家才会有彼此之间的信任。说完他在中队长面前转了一个圈，为的是让对方看见，自己并没有在腰间塞枪。

因为停水，中队长那张脸脏得像一块抹布，整个人也像面容沮丧的猴子。但他的注意力并不在我父亲身上，而是走过去对余一龙鞠了一个躬，说，余司令，让你久等了。

因为很多天没喝水，中队长嗓音沙哑，其中有一两个字节发音很不清楚。

父亲把余一龙推开，自己站到中队长面前，说，找你谈话的人是我，我是余司令的上峰。说完父亲让余一龙去车里拿来一个水壶，他把水壶盖子打开，递给中队长说，你先润润喉。

中队长的身子摇晃了一下，目光飘忽，满脸狐疑地盯向那只军用水壶。我看见他有一个凸出的喉结，喉结藏在油腻的皮肉底下，十分缓慢地移动了一下，估计是吞下一些非常有限的口水。他站稳身子，好像是经过了一番思想斗争，所以最终没有接过水壶。

父亲可能是看出了对方的疑虑，于是让我把嘴张开。我还没想明白怎么回事，父亲就已经把水壶里的水倒进我嘴里。我把那些水一股脑儿喝下，又把溅到嘴边的水珠给擦干。这时候我发现，中队长身后的那帮宪兵都伸长了脖子，用一种无比羡慕的眼神望着我，我想那应该叫渴望。其中几个宪兵伸出舌尖，偷偷舔了舔自己的嘴唇。那些嘴唇很干燥，上面结满颜色泛黑的死皮，死皮卷起一些尖利的毛边，我认为舌头要是碰到它们，一定会被刺痛，味道也肯定很咸。

请中队长放心，父亲把水壶递过去，说，我不可能在水壶里投毒。

水壶开始在那些宪兵手里飞快地传递。他们虽然只是很节省地喝下一小口，但那毕竟只是一个水壶，里头装的水十分有限。所以仅仅几分钟以后，当站在队伍中间的一名小个子宪兵终于有机会接到水壶，他十分焦急地晃了晃，随即就将水壶捧到空中，小心翼翼地倒转了过来。宪兵仰头，嘴巴尽量张开，我却开始在心里数数：1，2，3……直到我数到8，才看见圆咕隆咚的水壶口，终于慢慢凝结出一滴无限透明的水珠。那时候宪兵的手腕小心翼翼地抖了抖，于是那滴水珠落下，砸在他很久没有刷洗所以已经发黄的牙齿上。

此时中队长早已经转身，他看见那片明晃晃的烈日下，站他身后的许许多多宪兵，还跟那个水壶离得很远。中队长忧心忡忡地转头，看着我父亲说，你到底想怎样？

我想恢复你们的供水，父亲说，只要你答应我一个条件。

中队长摇头，好像把头顶的阳光都给摇碎了。此时烈日晒得他流汗不止，他可能是因为身上很痒，所以就抬手抓了一把脖子，留下两道油迹斑斑的抓痕。中队长说，你们中国人有句古话，天上不会掉馅饼，世上没有什么事情是免费的。

你错了，自来水可以是免费的。父亲说完，拍了拍我脑袋，指着远处一个电话亭，说，过去告诉幼龙爹，让他给水厂打电话，恢复这里的供水。

我是到了这时才发现，原来余一龙早就已经离开，把我们父子两人留在了宪兵窝里。我也就此明白，父亲这天让我过来，目的就是让我当一个跑腿的。但这差事也不错，因为跑步是我的强项。我于是即刻撒开双腿，用我最快的速度，朝着余一龙的方向奔去。

余一龙正在电话亭边看报纸，嘴里咬着一根奶油冰棍。我还没跑到他身边，他就转身拿起话筒，将电话拨了出去。我听见他对着话筒说"可以了"，然后就把电话给搁下了。我说，余司令你这电话是不是打给了水厂？他说，那我难道还打给消防队？我说，可是我都还没告诉你电话打给谁，你怎么就提前打出去了？他就一口咬断冰棍，含在嘴里像是含着一颗刚刚出炉的糖炒板栗，说，就凭你父亲那张嘴，死的都能被他说活，我就知道今天的谈判没有问题。说完余一龙给我也买了一根冰棍。他拍一拍我屁股，说，去吧，告诉你伟大的父亲，自来水马上就到。我于是明白，原来电话打给水厂，是父亲早就跟余一龙说好的。

那天我抓着冰棍根本没有时间吃，即刻又朝我父亲的方向奔跑了回去。路上我听见阳光的声音。阳光一片一片，夹杂着细碎的知了声音，迅速掠过我即将年满十岁的耳朵。

事实正如余一龙所说，那天当我像一匹自豪的马驹那样奔跑到宪兵队门口时，看见中队长身后的那帮宪兵已经跟洪水一般，纷纷涌向了营房那排露天水龙头。水龙头喷射出久违的水流，声音听起来稀里哗啦。然后那些第一时间赶到的宪兵就迫不及待地蹲下身子，将一张张嘴巴迎了上去。他们将水池围得水泄不通。

喝水的人群熙熙攘攘，中队长留在原地，我听见他问我父亲，那么接下去你到底想怎样？父亲和蔼地笑了，一只手拍在中队长的肩膀上，说，我的要求很简单，请求你释放了羁押在这里的中国人。

中队长把父亲的手拿开，像是提走棋盘上的一枚死棋。他说，实在很抱歉，没有武田队长的同意，谁也不可能释放了那几个犯人。父亲于是摘下那副墨镜，让我再次看见他完整的一张脸。他说，我知道武田队长不会答应，所以才在他离开宪兵队的时候，过来找你们商量。

我说的是商量。父亲说。

免谈。中队长说。

我抬头望向父亲，为最终得来这样一个结果而感到遗憾。阳光轰轰烈烈，中队长把身子转了过去，说，你可以走了。然而父亲的声音依旧不温不火，说，移交犯人是早晚的事，哪怕你今天不答应，到了正式受降那天，你们的总部照样会给你下达命令。选择聪明还是选择愚蠢，愿意树敌还是愿意交友，其实就在一念之间。

中队长却始终背对着我们，阳光拍打在他屁股上，他一句话都没说。我想父亲最终还是失败了，就像我竞选升旗手，最终败给了那个会拉小提琴的学长。我感觉脚下很没有力量，但还是跟父亲说，既然这样我就再跑一趟，去跟余一龙讲，把自来水给停了。父亲说，别急，我们可以再给中队长一点时间。

接下去的事情你们就一清二楚了，父亲最终救出了张家喜他们。那天在一种十分寂静的声音中，张家喜他们离开地下室，见到了杭州城阔别已久的阳光。我看见丁莉和陈群搀扶着年迈的张发水，好像他们才是同甘共苦的一家人。丁莉见到我父亲时目光躲闪，好像羞于开口，最终才说，我是丁莉，那是我们小组的陈群，我们坚持到了最后。

但是我最后要说的一件事情，你们肯定永远也不会想到。那天当余一龙把车子开进宪兵队，扶着丁莉他们上车时，父亲不知道是用了什么样的法术，在跟中队长经历过一番过程复杂的商量后，竟然决定在他们宪兵队的旗杆上，升起我们的国旗。

那天简直是跟做梦一般。我记得余一龙从车上拿出一面早就准备好的国旗，他把国旗交给我父亲，然后父亲又交到我手里。父亲说，许路远同学，恭喜你，你最终还是成了升旗手。

那一刻我觉得眼前的世界特别不真实，我看见整个宪兵队都跟水波一样晃荡，好像自己是站在一艘颠簸的船上。我双手捧着那面崭新的国旗，闻到扑鼻而来的丝绸的气息。阳光十分安静，我被那样的一幕惊呆。我迷迷糊糊望向父亲，看见父亲很认真地笑了一下，他的笑容倒是很真实。父亲说，你是我儿子，难道我还能把你给卖了？你要是不愿意升旗，那现在去学校还来得及。

我糊里糊涂喊了一声"爸爸"，却感觉嗓子有点堵，又不知道接下去该说什么才好。所以我迟疑了一下，擦了擦湿润的眼角，随即抬头望向那根对我来说十分高大的旗杆。我声音有点沙哑，说，爸爸我能行吗？

父亲看着我，说，不用怕，爸爸就在你身边，什么事情都要试试看。

71

上午10点，升旗仪式在太庙巷小学准时举行。我跟钱政委不仅没有见到锦年哥，就连现场的升旗手也不是许路远。旗子挂上绳索，现场刚好吹过一阵风，旗面于是很完整地舒展开。

我跟钱政委继续在人群中搜索，想在赶来参观升旗的学生家长里，寻找出混迹于其中的属于武田的一张脸。我相信武田就在我们身边，虽然他刺杀锦年哥的计划已经破产，但我的确在乐曲声中闻到了属于日本人的气息，那种气息隐秘而且灰暗，类似于藏在地底下的凶器。

国旗升起，我在人群中穿插，看见所有的人都肃穆地抬头，心情复杂地注视着那面鲜艳的丝绸旗。人群中传来抽泣声，有喜悦也有伤感，那种声音很容易传染。后来我在人群里见到一个邋遢的男孩，男孩正在专心致志吃冰棍，目光有点痴呆，对升旗一点也不感兴趣。他气势汹汹抓了一下头皮，很不情愿地问他身边一个女人，说，为什么许路远不在，许路远才应该是今天的升旗手，这面国旗怎么这么丑？

后来我才知道，孩子是余一龙的儿子余幼龙，而带她过来的女人，则是他的家庭教师梅姨。梅姨那天穿得很平常，平常得就像一个平常家庭里的母亲。她戴了一只墨绿色的手镯，拎着一个半新不旧的菜篮。她就那样心事恍惚地站在人群里，看上去像是等升旗仪式结束后，她还要赶去隔壁的菜场里买菜。

72

余一龙的车子开出宪兵队，车上除了我和我的父亲，还有张家喜和丁莉他们。我现在才明白，为什么余一龙一个人过来，要开这么大的一辆卡车，原来一切他们早就准备好。

车子开出一段路，我在车厢里回头，看见远处宪兵队的上空，飘扬着我亲手升起来的国旗，国旗在上午的阳光里迎风招展，好像是在向我招手。回想起刚才的一幕，我伸出自己的两片手掌，感觉手掌里依旧滑动着那根用来升旗的绳索。事实上我一开始没用多少力气就把国旗给升了上去，但是到了后来，因为起风的原因，我需要更加卖力地将国旗往上牵引。升旗不是一件容易的事，你要一直等到国旗升到最高点，绳索才会在你手里最终停住。

余一龙扶着方向盘很专注地开车，我问他怎么没把幼龙哥带过来。要是幼龙哥来了，我们两个就可以一起升旗，毕竟两个人的力气加在一起，什么事情都好对付。余一龙说，你要记住这句话，两个人的力气加在一起才好办事。他还说，余幼龙跟梅姨待在家里，天天懒得就像一条虫，就是老虎咬屁股，他也要转头看看老虎是公还是母。

我就是在这时想起父亲说的猎人和母狼的故事。我好像懵懵懂懂有点接近那个问题的答案了，但是一下子又说不清楚。我问父亲，猎人后来到底怎么办？父亲好像在想其他的事情，他看着前面的街道，并没有转头，只是说，到了第二天晚上，猎人还是没有走出那片丛林，所以他悄悄回去山洞口，等到母狼离开去搜寻他踪迹时，他却扑进山洞抱起一只幼小的狼崽。

你觉得猎人为什么要这么做？父亲问我。

我不假思索，很快就告诉他，因为猎人抱着那条狼崽，所以等到母狼回来时，就不可能冲上去将他给撕碎，他也由此拯救了自己。

你只讲对了一半，故事的最后是猎人抱着狼崽，在那条母狼的带领下，安全走出了那片丛林。

阳光像银白色的贝壳，在父亲墨镜上一片一片走过，安静而且从容。我趴到车厢前排，摘下父亲的墨镜说，爸爸你怎么这么厉害？你是一个值得赞美的爸爸。那么我们下一站要去哪里？

去太庙巷小学，父亲说，你是副班长，该带领同学们大扫除。

我愣了一下，觉得又一次出乎所料。这时候开车的余一龙吹出一声口哨，说，开学第一天就逃学，就你这副样子，你爸还想让你做我的干儿子？我就不屑一顾地斜了他一眼，说，谁要做你的干儿子？你当初还绑架过我，那时候你的眼睛就像一条狼。

73

武田站在太庙巷小学空旷的操场上，像是站在人潮退去的沙滩中央。升旗仪式已经结束，家长陆陆续续离去，教师和学生也进入了教室。因为没有得到进一步的指示，武田带来的那些藏在人群中的便衣宪兵，此刻正目光茫然地站在学校篮球场，围住他们的是"哈尔滨"带来的一帮警察。武田并没有将这样的一幕放在眼里，他只是凝望着那根撑起中华民国国旗的旗杆，觉得内心跟旗杆一样孤独。

事实上刚才升旗时，武田并没有出现在校园里，而是守候在附近一幢楼房的顶层。楼房顶层平台的四周围了一堵矮墙，武田昨天夜里就过来拆去了几块青砖，到了今天早上，他过来以后趴在那个刻意打造出的长方形洞口前，胸膛下躺着一支九七式狙击步枪。步枪由名古屋陆军兵工厂生产，配以二点五倍的光学瞄准镜。

校园跟那幢楼房有一段不近的距离，所以武田之前还交代过梅姨，让她在人群里帮他一起寻找许锦年。梅姨一旦发现许锦年的踪影，就可以利用带来的化妆镜朝对面楼房反射过去一道光。然而武田只是一场空欢喜，他始终没有见到期待中的光。

现在武田仰望头顶那面旗，看见它飘扬得悠然自在，自在得像是在他眼前晃来晃去的许锦年。

武田在心底里诅咒，诅咒许锦年不讲诚信，诅咒许锦年对他的愚弄。然而他的目光透过镜片，发现此时的校园里，正有两个男人向他靠近。武田不会忘记，那是钱文标和张翔，他曾经在许锦年的公寓里跟他们碰过一面。这时候，一辆卡车呼啸着开进校园，卡车减速时摇摇晃晃，沿着武田的身边转了一圈。武田透过车窗玻璃看见，坐在前排的男人，正是许锦年。

许锦年从驾驶室中跳下，拍去飞扬到身上的灰尘。他看见武田咬牙切齿，拔出腰间的手枪，说，许锦年你真卑鄙，你就是一个十足的懦夫。许锦年看见黝黑的枪管，以及深邃的枪洞。他笑了，说，我认为拔枪才是一种懦弱。

在余一龙的记忆里，那天的太庙巷小学，许锦年对武田的威胁视而不见。那时候许锦年反而转过身去，十分淡定地走出一段距离，然后撤下卡车后车厢的拦板，让张家喜和丁莉他们下车。许锦年说，武田队长，战争已经结束，此刻你最好的选择，就是回去宪兵队，好好待在你的办公室里。

阳光像海水一样荡漾，武田有一种被淹没的感觉。他先是见到下车的张家喜，然后是丁莉和陈群，以及被他们两人扶着的张发水。武田举枪的手在颤抖，好像无法承受那把南部B型袖珍手枪的沉重。

这天首先开枪的人是梅姨。张翔没有想到，就在钱文标举枪抄向武田背后时，之前那个穿戴十分普通的梅姨，却突然从垫在菜篮底部的青花粗布下面抓出一把枪。梅姨将菜篮"唰"的一声甩出，举起的枪口便在第一时间朝钱文标射出一枚子弹。梅姨的第二枪是射向张翔，其间她身子一歪，扑到地上后迅速打了一个滚，以躲避张翔朝她射来的子弹。

一场枪战就此拉开，武田带来的那些宪兵本来就蠢蠢欲动。那时候梅姨将扎在脑后的头发猛然解开。她甩了甩头，就在头发开始四处飘扬的时候，整个人已经十分凶猛地冲到武田身边，并且即刻紧贴在了武田的背后。武田听见梅姨说，倘若你回日本，记得带上我父亲的骨灰，父亲的家乡在九州岛的佐贺。

74

枪战在十分钟后停止，那时候武田扔下梅姨的尸体，以及最终放下武器甘愿投降的宪兵，朝着学校门口仓皇逃去。余幼龙气得火冒三丈，冲过去狠狠踢了一脚倒在地上的梅姨。梅姨尚未僵硬的身躯摊开，流出的血沾在余幼龙鞋上，余幼龙于是"呸"的一声吐出一口痰。

枪声过后，钱文标走向张家喜，步子迈得有点沉重。张家喜目光躲闪，惶恐地往后倒退。他看见哥哥钱文标努力把枪举起，枪口指向他额头。但也就是在这时，父亲推开一直搀扶他的丁莉，步子蹒跚地挣扎到钱文标面前，于是他刚好站在了两个儿子的中间。

因为之前的酷刑，张发水的嘴巴肿胀并且腐烂。他几乎成了一个哑巴，只能用喉咙发出一连串痛苦的呻吟。张发水脸上泪水纵横，哀怨的目光一派荒凉，对着钱文标反复摇头，乞求他把枪放下。

　　钱文标气喘吁吁，说，爹你让开。这时候他突然咳嗽一声，嘴里随即涌出一口血。他十分惊讶地颤抖了一下，然后就软绵绵地倒了下去。

　　许锦年开车，朝着最近的医院赶去。路上他不停地按响喇叭，汗水接二连三打在方向盘上。钱文标靠着张翔的身子，嘴里的血汩汩流淌，像无法拧紧的水龙头。他的确没有想到，刚才跟梅姨的枪战，自己以为只是挂彩，没想到中弹部位竟然如此险要。透过车内后视镜，许锦年看见钱文标勉为其难地笑了笑，整个人已经彻底疲倦。许锦年说，老钱我求你了，你别把眼睛闭上，你要当蕙兰中学的校长，我要当一个体育老师，给你拿一大堆的奖牌。

　　钱文标努力往前挤了挤身子，伸出一只手搭上许锦年右边的肩膀。许锦年腾出左手，盖住钱文标越来越寒凉的手背，说，陶敏有消息了，她过两天就会出狱，出狱以后回来杭州，我陪你一起去接她。然而许锦年话还没说完，钱文标的手就突然收了回去，随即便整个脑袋掉落在他肩膀上。许锦年听见脑子里响起"轰"的一声，才发现车子已经撞向路边一根电线杆。车窗玻璃被震得粉碎，他在扭曲的车厢里梦游一般回头，看见张翔泪流满面。张翔说，来不及了，钱政委走了。

75

两天后的 9 月 3 日，杭州各机关团体学校总共两千多人，在延龄路中华大戏院举行庆祝抗战胜利大会。那天从菜市桥到浣纱路，从新民路到湖滨路，从众安桥到清河坊，无论大街还是小巷，到处都飘扬着胜利的旗帜。

许锦年的车子行驶在欢声笑语的人潮中，车上躺着一个木盒，里面是钱文标的骨灰。车子特意经过东街路 100 号，那里以前是政保局，再更早的以前则是蕙兰中学。车子靠边停下，整整停了有十多分钟。在那场浩浩荡荡的市民庆祝游行中，许锦年望向许多年前的校园，似乎看见少年钱文标的一张脸，随即又看见八年前他跟陶敏那场简朴的婚礼，婚礼上钱文标朗诵起热情洋溢的诗歌。他又想起那天在孝女路公寓，钱文标站在门口，摘下一顶草帽说，先生家有没有棕板床要修？价钱好商量的。

第二天就是 9 月 4 日，浙江区域受降仪式在富阳长新乡的宋殿村举行。那天在宋殿村村民宋作梅的宅院内，从杭州运来的布匹被当地裁缝缝接成一大块，辽阔的布匹从屋檐上挂下来一直拖到地面，围挂在受降台的四周。受降现场，日军一三三师团参谋长樋泽一治代表师团长野地嘉平，向中国政府代表呈交了在浙日军分布图、官兵花名册及武器清册等。许锦年和余一龙也奉命参加了这场仪式。余一龙记得，整整一天许锦年都沉默不语，他只是偶尔抬头仰望一下宋殿村阳光拥挤的天空，然后就对着飘移过去的云朵发呆。

9月5日，驻杭日军联络部部长渡边四郎带人前往郊外，迎接第三战区受降官韩德勤的到来。那天韩德勤的队伍是从清波门进入杭州市区，沿途受到市民的夹道欢迎。官巷口一带扎起巍峨壮观的牌楼，彩旗飘扬的牌楼下，许锦年很意外地见到了挤在欢迎队伍中始终挥舞双手的儿子。街道上扩音喇叭轰鸣，正在播放迎接英雄进城的歌曲，许路远不声不响地靠近父亲，走到他身边时说，爸爸，我觉得你也是英雄。许锦年闻听以后望向喧嚣的街道，看见眼里人头攒动，如同一条繁忙的河流。在那条河流中，他见到妻子顾小芸，也见到战友钱文标，以及笑容甜美的程珊，这些人的身影渐次出现，就那样一个接着一个走了过去。许锦年抚摸儿子的脑袋，说，你不知道的英雄还有很多，但他们更多的是无名英雄，也或者是幕后英雄。

76

关于武田的死，杭州城后来流传的说法，主要有两个版本。

第一种说法是，9月1日那天，武田逃离太庙巷小学回去宪兵队时，站在很远的地方就看见挂在宪兵队旗杆上的那面旗。那时候武田突然笑了，笑得不明所以，笑得有点夸张，也笑出了莫名其妙的眼泪。武田像一个喝醉酒的酒鬼，也像是飘逸的魂灵，步子虚软，弯弯曲曲走到旗杆底下。随后他身子站定，毅然拔枪，态度坚决地将一枚子弹送进自己的太阳穴。地上瞬间铺满鲜血，因为季节的关系，又很快引来一群飞舞的苍蝇。

另外一种说法是，武田见到那面高高飘扬的旗子时，并没有回去宪兵队，而是转头拐了一个弯，直接走去了京杭大运河边。于是那天中午，有人见到一个瘦小的身影在拱宸桥上腾空跃起，跃入泥沙翻滚的河水。那天桥墩下有一群密集的白条鱼，面对突如其来的惊吓，白条鱼纷纷跳跃出水面。

但不管怎样，这两种说法又有着异曲同工之处，那就是武田的尸体最终是被埋在宪兵队的操场边。在宪兵队中队长的带领下，操场边的泥坑挖得很深，埋下武田又盖上沙土时，中队长在上面种了一丛硕大的鸡冠花，而围绕那丛鸡冠花所培土种植的，则是一大片在许多年以后长势越来越喜人的碧绿又娇嫩的薄荷。

77

十多天后的 9 月下旬，金萧支队诸暨根据地，电讯科报务员唐耳朵像往常一样戴上耳机，跟潜伏在杭州市政府的"唐婉"联系。这次发报的主要内容是告知"唐婉"：按照中央"向北发展，向南防御"的战略方针，浙东纵队主力部队将离开曾经战斗过的浙江，渡江北上寻求发展。许锦年知道，这是根据地战友跟他在浙江的最后一次联系，此后金萧支队的番号将不复存在，他们在电波中的频率也将消失，所以他最后敲出的一段电文是：唐耳朵再见——许锦年。

收到电文的一刹那，唐耳朵的耳朵跳了一下，整个人怔住，眼泪不由自主。虽然这么多年她也有过猜测，觉得电波那头的"唐婉"可能会是许锦年，但是此刻面对许锦年突破常规，出乎意料地敲出自己的名字，她还是被某些柔软的东西击中。在那间不会再有任务的电讯室里，唐耳朵一个人坐了很久，看见往事一幕一幕浮现。往事的起点是在 1941 年浙西江山县城的廿八都古镇，唐耳朵所在的军统女子特工培训班，许锦年是军统总部派来的密电码教官。特训班里有个来自杭州的同学，跟唐耳朵住同一间宿舍，平常几乎听不见她声音，这人是叫顾小芸。有天唐耳朵心绪飞扬，跟顾小芸透露了一个秘密，说自己喜欢上了许教官，刚给他送去一张纸条，纸条上总共写了六个字：本姑娘喜欢你……

时间很快到了 1945 年的 10 月，许锦年独自开车去了一趟钱文标的墓地。那时候秋天已经很完整，它同时出现在钱文标墓地旁那棵修长的银杏树上。金黄的银杏叶落下，许锦年给钱文标倒了一杯酒，酒是他特意带过来的进口白兰地。酒液洒在墓碑前，在那阵清凉的水果香味中，许锦年想起钱文标曾经十分喜欢的诗句："使屋前的老树背负着苹果，让熟味透进果实的心中。"想起这些，许锦年就跟钱文标说，老钱，部队已经撤去江北，但我会留在杭州一直陪你，也会经常来看你。他还说，我并没有骗你，陶敏这次是真的出狱了。她现在在江苏淮安，组织会在明年春节前派她来杭州，到时候她的代号叫"玛瑙寺"。我准备在警察局给她谋个差事，让她跟张翔做同事，这样我们在杭州的潜伏力量会一步一步壮大……

在毛万青的安排下，许锦年现在的职位是杭州市政府副秘书长。市政府位于三元坊，就是以前的兴业银行。他办公室就在新上任的市长周象贤的斜对面，每天所做的工作是同军统局毛万青一道，负责清点处置杭州城的汉奸财产。时间过得很快，三个月后，当迎接新年的第一场雪到来时，许锦年接到新成立的华东局特情科发来的电报：鉴于新四军已经在江北扎稳脚跟，组织决定派人接走他儿子许路远，送孩子去根据地学校上学。电报中还透露，此次负责过来杭州接许路远的，就是唐耳朵和陶敏。

收到消息的当天，许锦年按捺不住喜悦，在房里一连喝了三杯酒。此时他打开收音机，听见电台正在播放一首庆祝抗战胜利的新歌。歌曲有着十分喜庆的名字，就叫《恭喜恭喜》，由著名音乐家陈歌辛创作，演唱者则是在上海滩闻名已久的一对兄妹歌手——姚敏和姚莉。

《恭喜恭喜》从头到尾都采用吉他伴奏，其歌词朗朗上口，许锦年只是听了一遍，就在微醺的酒意中对其记忆深刻：

　　每条大街小巷，

每个人的嘴里，

见面第一句话，

就是恭喜恭喜。

恭喜恭喜恭喜你呀，

恭喜恭喜恭喜你！

冬天已到尽头，

真是好的消息，

温暖的春风，

就要吹醒大地

…………

那天姚家兄妹的歌声在电台里反复播放，许锦年也就是在一个人敲着碗碟轻声跟唱时，接到毛万青打来的电话。电话里毛万青埋怨他收音机音量开得太响，接着就让他多带一点钞票，去军统局杭州站陪他打双扣，他那边三个江山人，正好"三缺一"。雪花一路飘扬，那天当许锦年进入毛万青办公室，摘下羊绒围巾，并且跺掉军用皮靴上的积雪时，紧随其后的两名军统局行动队人员即刻就将他双手反剪，并且第一时间给他戴上一副冰凉的手铐。两分钟后，许锦年见到了深思熟虑的毛万青。毛万青一声不吭，坐到宽大的办公桌后拍了拍手，许锦年于是看见，此时在门口出现的人竟然是江阿球。

江阿球还活着，这人并没有死。那天当余一龙朝他车厢中扔去手雷，车子往钱塘江冲去时，就在手雷爆炸前的最后一秒，江阿球在夜幕中推开车门，凌空跃入了钱塘江。此后的很长一段时间，江阿球都躲藏在萧山，直到杭州光复，毛万青在杭州城的公众场合频繁出现，他才在某一天突然站到了毛万青的面前。

许锦年被按在椅子上，看见毛万青翻阅着一本厚厚的档案，里面都是针对他的翔实的调查资料。毛万青说，认定你是共产党，我并没有仅仅听江阿球单方面的供词，其实我希望手上所有的资料都经不起推敲。但是现在这些证据叠加在一起，又让我实在没有办法救你。

毛万青说出的证据主要有：

警察局当初检验过沈静的尸体，在其头颅里发现一颗残留的子弹，跟许锦年当时用的手枪配对吻合。

在江阿球的指证下，军统局找来翠红楼曾经的头牌姑娘二十四桥问话。二十四桥证实，沈静失踪之前的那段时间，的确跟江阿球形影不离，两人也经常在二十四桥的房里碰面，并且每次都谈得很投机。

投降过来的日军宪兵队有个名叫坂本龙里的中队长，他向军统局证实，许锦年曾经在9月1日那天，接走了被武田英夫关押在狱中的三名中共人员。可是经过军统局调查，这三名人员至今不知去向。

许锦年听完毛万青冗长的讲述，心里反而变得平静。此时他转头望向江阿球，看他正在一门心思剪指甲。江阿球的指甲刀可能刀口有点钝，所以他在修剪左手大拇指时稍微显得力不从心，于是他将剪开一半的指甲塞进嘴里，然后用两排牙齿用力一咬，这才让整片指甲掉下。江阿球把厚厚的指甲吐出，说，许科长或许没有想到，我现在已经被毛站长吸纳为杭州肃奸委员会的成员，主要任务就是针对你这种隐藏很深的奸细。对此，不知道你有什么想法。许锦年望向窗外飘进来的雪，看见雪花在他脚下渐渐融化。他说，对于你这样的人渣，我不可能有任何想法，唯一的愿望，就是恭祝你长寿。

江阿球于是起身拍了拍屁股，又按下桌上一台录放机的按钮，为的是让许锦年听见一段他跟余一龙岳父聊天的录音。那段录音里，早就回到老家临安的余一龙岳父谈兴很浓，他应该是在毫无防备的情况下跟江阿球聊起：自己在 8 月 15 日回杭州前，是在诸暨的乡村治疗好了腿伤，那里的共产党队伍对他的照顾无微不至。而且当天晚上，开车送他去女婿余一龙家里的那位先生，好像是叫许锦年，言午许……

江阿球让整段录音全部播完，直到录音卡带完全空转，只发出一连串丝毫没有内容的窸窸窣窣的响声。这时候许锦年看见毛万青面容疲倦地起身。毛万青挥了挥手，勒令手下的行动队队员说：带走！

尾声

1946年2月1日，农历除夕，星期五。那天杭州大雪压境。在军统局杭州站审讯室里，经历过几天几夜的审讯后，许锦年依旧一个字都没说。他只是戴着手铐安稳地坐在椅子上，在许多次漫长审讯的间隙里，抽空让自己进入一场睡眠。他奇怪自己每次都睡得很舒服，竟然不再有失眠的痛楚。后来他想，自己能够做到如此心无挂碍，主要是因为儿子许路远已经在送去江北根据地的路上。

清晨6点，毛万青实在坚持不住了。他担心再这样继续耗下去，晚上的年夜饭，他都没有力气去跟杭州那些达官贵人猜拳喝酒。他让人将许锦年押上囚车，先送去国民政府杭州第一监狱。

车子在雪地上颠簸，经过蕙兰中学时，许锦年在那场盛大的雪花中看见，回迁的学校里，依旧有留校的锻炼队学生，坚持在雪地里晨跑。那些孩子嘴里哈出的热气，让雪花一片一片融化，犹如许多年前，宋君复老师带他在冬天里晨跑。

车轮往前行驶，雪花在车窗上凝结。这时候许锦年听见校园里的喇叭，正好传来那首令他耳熟能详的《恭喜恭喜》：

经过多少困难，

历经多少磨炼，

多少心儿盼望，

盼望春的消息。

恭喜恭喜恭喜你呀，

恭喜恭喜恭喜你！

在那样的歌声中，许锦年缓缓闭上眼睛，仿佛见到了妻子，也见到了 1942 年的另外一场雪。在那场记忆的雪中，他把雨伞收起，听见妻子在他怀里说，恭喜我们又长了一岁。恭祝你平安！恭祝你新年快乐！

然而东街路上就在此时响起一声枪响。子弹可能是射穿了囚车的前轮，所以车子猛然跑偏，失去方向后笔直撞向了路边。那时候许锦年望向窗外，看见街边的那排屋顶上，正奔过来一个手持长枪的姑娘。雪花飘荡，许锦年不用细看也能知道，那人是唐耳朵，一个猎人的女儿，曾经是浙西江山县名不虚传的神枪手。他看见奔跑的唐耳朵身穿一件黑色的风衣，风衣裹着一阵饱满的风。唐耳朵一边跑动一边开枪，于是厚厚的积雪被她双脚踢起，在空中飞舞成又一场雪花。转眼间，唐耳朵的子弹已经放倒了司机和前排押送囚车的狱警。这时候许锦年觉得不能再等了，他抡起胳膊肘，顷刻间撞向坐他身边的狱警的下巴。而就在此番搏斗中，他看见车门打开，过来营救他的一名陌生警察已经将枪管顶住狱警的胸口，随即射出一枚子弹。那人从狱警身上摘下手铐钥匙，很快就将手铐打开。许锦年说，你是谁？那人说，锦年哥，我是丁莉的弟弟，是张翔哥安排我进入的警察局。你以前救了我姐，所以我无论如何也要救你。

许锦年于是飞身下车，即刻奔跑在 1946 年白茫茫一片的雪地中。他看见雪花纷纷扬扬，雪花纷纷扬扬的远处街道口，分明还停着一辆已经发动的汽车，而在那里负责开车的人则是陶敏。此时后排车门猛地推开，许锦年看见冲到天空底下的男孩，竟然是他儿子许路远。许路远不顾一切地向他奔来，嘴里好像不停地呼喊着"爸爸"。许锦年于是用上毕生的力量，朝着儿子的方向飞奔。他似乎看见雪花在空中静止，也听见即刻赶来的军统局行动队，追赶他的子弹在他耳边呼啸。最后他终于抓到儿子的手，像是抓到了属于他的整个世界。而当父子两人一起冲向那台车子时，他又看见身边弄堂里跑出一个气势汹汹的余一龙。余一龙举着一把机枪，朝着军统特务一轮扫射，嘴里喊出一声：我干你娘。

许锦年牵着儿子继续奔跑，看见雪花一片一片落下来的方向，仿佛那就是 1946 年幸福的方向。而此时远处蕙兰中学的校园喇叭里，传来的歌声则像是来自遥远的江北：

皓皓冰雪融解，
眼看梅花吐蕊，

漫漫长夜过去，

听到一声鸡啼。

恭喜恭喜恭喜你呀，

恭喜恭喜恭喜你！

第一稿完稿于 2021 年 11 月 26 日

第二稿完稿于 2022 年 1 月 29 日